LA TOUR
DE BRAMAFAN,
OU LE CRI DE LA FAIM.

On trouve, chez le même libraire, les ouvrages suivans de Madame Gottis.

Marie de Valmont, 1 vol. in-12.
François Ier, 2 vol. in-12.
Le jeune Loys, prince des Francs, 4 vol. in-12.
Ermance de Beaufremont (chronique du IXe siècle), 2 vol. in-12.
La Jeune Fille, ou Malheur et Vertu, 2 vol. in-12.
Catherine Ire, impératrice de Russie, 5 vol. in-12.
Jeanne-d'Arc, ou l'Héroïne française, 4 vol. in-12.
L'Abbaye de Sainte-Croix, ou Radegonde, reine de France, 5 vol. in-12.

Pour l'enfance.

Contes à ma petite Nièce, 2 vol. in-18, ornés de 6 jolies gravures.
Ce petit cours de morale a obtenu le plus grand succès.

IMPRIMERIE DE HUZARD-COURCIER.

LA TOUR
DE BRAMAFAN,

OU LE CRI DE LA FAIM;

ET

Deuterie; Lampagie et Monouz; Charles III; Régine de Roche-Brune; Childéric et Néliska;

CHRONIQUES FRANÇAISES;

RECUEILLIES ET PUBLIÉES

PAR MME A. GOTTIS.

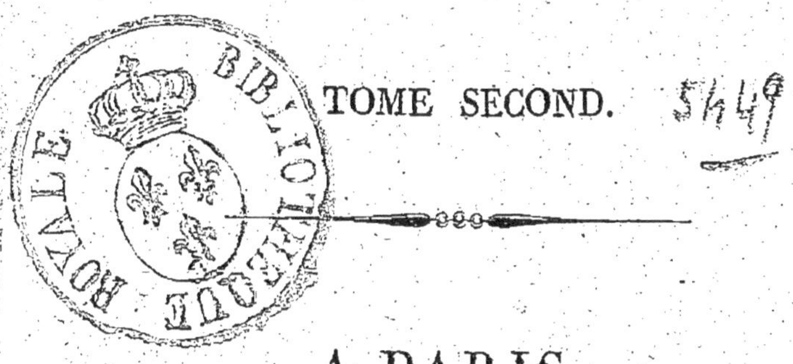

TOME SECOND.

A PARIS,

CHEZ AUGUSTE BOULLAND ET CIE, LIBRAIRE,
RUE DU BATTOIR, N° 12.
1824.

ANCIENNES CHRONIQUES FRANÇAISES.

SUITE DE LAMPAGIE ET MONOUZ.

Iscam marchait le premier à la tête d'un nombreux bataillon. Abdérame, éloigné de toute crainte, s'avance vers le prince, et la fureur du calife s'accrut encore en reconnaissant celui qui venait de lui enlever sa proie ; il tire son épée et court sur le guerrier qui tant de fois versa son sang pour défendre ses droits ; sur l'homme qui tant de fois avait vaincu pour augmenter et son pouvoir et sa grandeur ! Le généreux capitaine découvre sa noble poitrine et s'écrie : Frappe, frappe, sultan ; perce un cœur qui t'a donné mille et mille preuves du plus sincère attachement ! Cette voix, ce geste, cette attitude imposante, firent tomber le glaive de la main sanguinaire du farouche Iscam.

Lâche, dit-il, qui viens de trahir ton maître ! qui viens de m'enlever un bien qui m'était cher ! traître, qui joins l'ingratitude à la fourberie et à la ruse ! avais-tu le droit de te servir de ton nom pour arracher cette femme à ma puissance ? — Avais-tu le droit, sultan, de l'arracher à son époux ? — Ce moyen me servait à dompter l'orgueil d'un sujet rebelle. — Était-il digne de toi, du haut rang où le sort t'a placé ? — J'aime cette femme, et dévasterai l'Espagne, l'Aquitaine, s'il le faut, pour la reconquérir... Mais, indigne Abdérame, ne crois pas me braver, et te soustraire au châtiment que tu mérites. Soldats, arrêtez l'ennemi de votre souverain. Il indique du geste le lieutenant de ses armées.

Les guerriers restent immobiles : aucun n'ose porter une main hardie sur le général qui les conduisit si souvent à la victoire ; sur celui qui partageait avec eux les plus grands dangers, et dont l'active prévoyance sut les garantir de mille périls : ils s'arrêtent, et n'osent accomplir l'ordre sacrilége qui vient de leur être donné.

Un sourire erra sur les lèvres d'Abdérame. Calife, dit-il d'une voix imposante, tu le vois, ces soldats m'aiment encore! Regarde combien il serait facile à un chef sans honneur de les entraîner à la révolte! Malheur au prince qui insulte un capitaine dont les travaux ont acquis quelque gloire! Malheur à lui s'il l'insulte au milieu des siens! Mais tu exiges que ce bras soit désarmé.... Tiens, voici mon épée; la voilà; je la mets à tes pieds... Il la dépose en effet.

Reprends-la, valeureux chef, reprends-la. Mais on vient de me désobéir... Pars à l'instant même pour l'Asie : cette preuve de ton obéissance peut seule me faire oublier les torts graves que tu as envers moi; pars. — Sultan, ces mêmes torts, je les aurais encore, si la même cause s'offrait de nouveau. J'ai dû sauver la femme d'un ami, je l'ai dû, je n'ai pas hésité : tel je suis. — Abdérame, tu abuses des services que tu m'as rendus. Pars, pars, ou crains les effets de ma colère. — Je te quitte, sultan, je veux t'épargner un crime. Je me vengerai de ton injustice en exterminant tes ennemis. Je te quitte, sultan. Puisses-tu un jour ne pas regretter d'avoir suivi les conseils que te dicte une passion insensée! crains d'irriter ceux que tu poursuis; crains de gémir sur ta victoire, et de pleurer sur tes cruautés. Adieu, je pars. Il disparaît aux yeux des guerriers. Iscam ordonne de poursuivre la route.

Lampagie avait hâté sa course : bientôt elle atteignit les formidables remparts de *Livia*. Arrivée près de la poterne, elle congédia l'Arabe après l'avoir récompensé généreusement. Va reporter à ton maître, dit-elle, zélé serviteur, que tu m'as remise en sûreté; va, et répète-lui que Monouz et Lampagie, jusqu'à leur dernier soupir, garderont le souvenir de l'amitié dont il les honora; dis-lui que son nom restera gravé au fond de leurs cœurs jusqu'à la mort. Retire-toi, guide fidèle; crains les guerriers d'Iscam. Il s'incline en fléchissant le genou, s'empare des rênes des coursiers, et s'échappe au travers des chemins escarpés ; il disparaît. La princesse appelle la sentinelle, se nomme ; et son nom est répété par toutes les voix qui composent les forces de la garnison. On s'empresse ; les chefs de la poterne l'entr'ouvrent, et Lampagie revoit les murs habités et défendus par son époux. Elle gravit le roc et bientôt arrive dans l'enceinte de *Livia*. Elle vole auprès de son cher Monouz.

Lui-même était dévoré du plus amer chagrin. L'amour, le devoir d'époux lui faisaient une loi de réclamer la mère de son fils ! Cent fois il voulut s'exposer à la fureur du calife, en se rendant prisonnier avec Lampagie ; mais pouvait-il, sans se déshonorer, abandonner les braves qui lui sacrifiaient leurs vies, et qui avaient juré de le défendre jusqu'au dernier soupir!

Le nom de Lampagie frappe son oreille étonnée : il écoute; il doute si ce n'est pas un songe. Que le réveil serait pénible! Mille cris d'allégresse se font entendre. Ivre de joie, d'espérance et de bonheur, il court, et reçoit enfin dans ses bras celle qui lui est si chère. Leurs embrassemens, leurs larmes se confondent; le regard de la princesse prend tout à coup une teinte de tristesse. Ce regard douloureux semble l'interroger; il demande où reposent les restes d'un enfant adoré... Monouz a compris le regard d'une mère : Viens, viens, dit-il; allons pleurer ensemble. Il la conduisit dans son oratoire.

Entouré de lampes d'argent, on y voyait le berceau du jeune Eudes. Au-dessus de sa tête se trouvait le signe sacré de la rédemption; aux côtés un ministre de l'Eterne! récitait les hymnes de la mort. Lampagie s'avance en tremblant; elle soulève avec crainte le voile transparent qui recouvre l'objet de sa douleur mortelle; elle le soulève, et reste immobile de surprise et de regrets. Eudes est encore présent à ses yeux, Eudes paraît enseveli dans un profond sommeil: il est toujours beau; aucun symptôme n'annonce qu'il soit tombé sous les coups du trépas.

Ah! s'écrie-t-elle, ah! regarde ta mère... regarde-la... que ton doux sourire la réjouisse! ô mon fils! mon fils! tu vis encore... que ton sommeil est tranquille!... que je te serre sur ce sein maternel... ô fils de mon amour! que mes lèvres s'enivrent de tes tendres embrassemens... ô cher et bien-aimé!... Dieu! quel froid glacial!.. C'est le froid de la mort... Malheureuse! hélas! cesse de te faire illusion! Et le plus affreux désespoir parut sur ses traits et dans tous ses mouvemens.

Je reviens mourir près de toi, dit-elle; pourrais-je vivre sans toi! quoi! je ne te verrai jamais te ranimer? jamais! ô poignante douleur! ô regrets éternels... Mais, dois-je me plaindre, grand Dieu! tes restes précieux me sont rendus... Ils peuvent reposer auprès de ceux de ta mère infortunée... Les sanglots de Monouz arrêtent ses plaintes; Lampagie les entend: O pardonne, s'écrie-t-elle; tu me restes; je n'ai pas tout perdu... Cher époux! je t'en supplie! sois indulgent pour les larmes, pour le désespoir qui déchire le cœur d'une mère... pardonne-lui. Et l'infortunée se précipite dans ses bras.

Insensée, est-ce au moment où le sort nous accable, qu'il faut se laisser abattre? ne dois-je rien au père de cet enfant que je pleure ! n'est-ce pas à moi à relever son courage ! à partager ses malheurs ! à lui tendre une main amie ! à lui offrir des consolations ! à mourir, s'il le faut, avec lui ! — Mourir, ô ma bien-aimée ! mourir ! — En douterais-tu ? En revenant ici, je savais qu'il n'était plus de pardon à espérer.... Abdérame m'a sauvée. Abdérame a voulu que son ami ne fût pas abandonné de l'univers.... Je restais à Monouz ; il m'a rendue à lui !...

Quoi ! chère Lampagie, c'est au noble Abdérame que je dois le bonheur de te revoir ! — Est-il beaucoup de grands caractères qui oseraient braver la fureur d'un souverain ! Lui seul l'a fait... et je te revois.... et je te presse dans mes bras.... Iscam m'offrait ta grâce..... je l'ai rejetée avec mépris..... Le trépas, Monouz, est préférable à la honte qu'on voulait nous imposer. Va défendre ta vie, celle de nos braves soldats; car tout espoir de salut est détruit par ma fuite!

— Je puis encore tenir quelques mois; ce fort est inaccessible; je possède d'immenses provisions: le Dieu que tu sers, ô ma bien-aimée, nous protégera; et cet ange d'amour, qui dort dans ce berceau, invoquera pour nous l'Être tout-puissant qui veille sur les destinées de l'univers! Ton Dieu est juste, m'as-tu dit; il est bon, il ne peut laisser triompher l'injustice; il changera peut-être les résolutions du calife: un jour peut-être il nous offrira la paix.

— Ne l'espère pas; Iscam ne connaît pas la générosité. D'ailleurs, le Dieu des chrétiens se plaît à éprouver leur constance: plus il les accable de maux ici-bas, plus il les récompense dans un autre monde.

Infortunés époux, qui pourra vous soustraire aux périls qui vous menacent et qui vous attendent! Iscam veut se venger! Iscam a résolu votre perte; et sa fureur cherche tous les moyens de vous anéantir! Qui vous protégera contre sa terrible puissance? le ciel seul, le ciel doit être votre unique espoir et votre unique défenseur!

Le Calife veut frapper un coup décisif: les longueurs d'un siége régulier l'importunent et l'irritent. Pour surprendre l'ennemi qui le brave, et pour hâter sa vengeance, il fait observer avec soin les défilés qui peuvent conduire à la forteresse de *Livia:* chargeant de cette tâche périlleuse des hommes sûrs et adroits, ils surprennent le secret des passages faciles qu'on peut attaquer avec sûreté: ils connaissent bientôt les chemins couverts, ceux qui sont à l'abri des traits de la flèche et des pierres meurtrières; ils indiquent les endroits où les troupes peuvent se reposer sans être aperçues des sentinelles : rien n'échappe à leur œil vigilant ; et leurs travaux accélèrent la ruine de Monouz et de la vertueuse Lampagie.

Ayant reçu ces instructions, Iscam fait approcher son armée plus près encore des premières fortifications : là, il fait élever un nombre infini de tentes ; tout prend l'attitude d'un camp formidable, qui paraît disposé à réduire les assiégés par la famine et par toutes les horreurs de la guerre.

Mais toutes ces lenteurs pourraient-elles satisfaire son impatiente rage ? Qui, lui, attendre encore ! Lui ! dont les peuples adorent et respectent les volontés ! Plus de retard ; et la foudre, trop long-temps suspendue, sera lancée incessamment sur une tête coupable. Iscam ordonne ; tout obéit.

La nuit étendait son voile sombre sur toute la nature : tout sommeillait, excepté la haine et la vengeance : couverts d'armures rembrunies, de boucliers noirs, marchant pieds nus, les soldats du farouche calife franchirent sans faire le moindre bruit les collines et les étroits sentiers qui assuraient la force et la défense de *Livia Castrum.*

Ils arrivent près des fortifications de l'enceinte, le silence qui règne partout n'est aucunement troublé par leur marche audacieuse : ils placent de longues échelles contre les murailles protectrices : ils se couvrent de larges boucliers, ils montent, ils vont surprendre un ennemi peu vigilant, un ennemi se reposant avec sécurité : tout leur annonce une victoire facile ; leurs bouches sont muettes, mais leurs cœurs sont remplis de joie et de férocité !

Ces hommes vêtus de noires cuirasses, le casque dépouillé de ses ornemens éclatans, ressemblent à des ombres errantes autour d'un immense mausolée : l'âme la plus intrépide eût pu ressentir quelque terreur en apercevant cette foule considérable ; son imagination effrayée lui ferait croire que ce sont des fantômes des anciens suzerains venant gémir et pleurer sur la chute de leur antique domaine ! les Maures vont atteindre le sommet des remparts qui protègent et Monouz et son épouse....

La voix redoutable du gardien fidèle de l'homme, de son ami véritable, trouble, et le silence, et le sommeil des assiégés : les sentinelles cherchent à découvrir la cause des hurlemens de l'animal ; ils ne voient, ils n'entendent aucun bruit : on gourmande son activité ; il ne tient aucun compte des bourrasques, ni des coups, et s'élance avec fureur vers un bastion qui n'était que faiblement gardé. Iscam voit le danger du moindre retard, il commande l'escalade de la forteresse.

Déjà plusieurs braves ont gravi la distance, déjà quelques-uns se sont attachés aux parois qui couronnent les murailles, ils les atteignent; mais les sentinelles les ont aperçus, et le cri *aux armes ! aux armes !* retentit dans tout l'édifice : les échos le multiplient, les voûtes le répètent : il est entendu; et mille bras sont levés pour arrêter les efforts d'un ennemi audacieux.

La foudre est moins prompte que les soldats d'Iscam ne sont prompts à voler au secours de leurs compagnons : en un moment le haut des murs en est encombré : les assiégés, munis de pierres, de flèches, du sommet de leurs tours, et de leurs créneaux, les accablent, et les anéantissent.

Monouz accourt, et avec lui l'épouvante et la mort! il est partout : sa main puissante lance sur les assiégeans des blocs qu'aucun bras humain ne pourrait ébranler: mais que ne peuvent l'amour, le désespoir, l'honneur, unis, et guidés par la plus brillante valeur! les ennemis frémissent de rage : Iscam se met à la tête des siens, et va tenter de s'introduire dans *Livia*.

C'en était fait : déjà il a parcouru la moitié d'une échelle, quand une autre trop chargé d'assaillans est renversée par une force supérieure : son choc atteint celle où se trouve le Sultan ; toutes deux se heurtent : Iscam tombe, mais ne reçoit aucune blessure : la colère, la honte le transportent, il veut recommencer sa périlleuse entreprise : un de ses lieutenans l'arrête : Reste là, Calife, lui dit-il : Laisse-nous mourir pour sauver ta gloire,» toi, veille sur tes états : le courage d'un soldat obscur, ne doit pas être celui d'un souverain ; reste là. Ta vie est précieuse à tes sujets : Sultan, ne t'expose pas davantage. D'autres chefs se joignent à ce chef : Iscam se retire devoré du plus amer courroux.

Rien ne résiste à la fureur des assiégés, à leur impétueuse ardeur : déjà les fossés sont remplis de morts et de mourans : le soleil se lève, et ses paisibles rayons éclairent une scène d'horreur et d'épouvante : la terre est baignée de sang, et jonchée de débris humains : des cris, des gémissemens douloureux troublent le silence imposant d'un beau jour, et d'une nature magnifique et orgueilleuse des richesses qu'elle déploie aux yeux de l'univers.

Les défenseurs de *Livia* reprennent courage en voyant la perte de l'ennemi. Eh, comment n'eussent-ils pas été vainqueurs! Lampagie, la belle et noble Lampagie, suivie de ses femmes, les aidait dans leurs glorieux travaux : elle-même pourvoyait à leurs besoins! sa main généreuse et délicate préparait les rafraîchissemens nécessaires : elle faisait enlever les blessés; elle étanchait leur sang généreux, et pansait leurs honorables blessures.

Les capitaines du calife lui exposèrent leurs craintes : ils croyaient pouvoir assurer qu'il était impossible de prendre d'assaut la forteresse de *Livia* : déjà une partie des troupes avait reculé devant les murailles; et des monceaux de morts attestaient et la valeur et le courage intrépide des Sarrasins. Ils concluaient à continuer le siége, et à couper toute communication aux assiégés. Malgré sa répugnance à s'éloigner, Iscam, pour épargner le sang de ses guerriers, donna l'ordre de rentrer dans le camp.

Lampagie, placée sur la plate-forme d'une tour, voit le départ des Maures. Tombant à genoux, elle adresse au ciel de ferventes actions de grâces : elle respirait ; leurs braves soldats allaient se remettre de leurs fatigues, et les blessés renaître à la vie, et à la santé. Infortunée, le ciel exaucera-t-il tes souhaits !

Le nombre des guerriers que cette attaque avait mis hors de combat, était assez considérable : bien qu'il fût difficile de se procurer tous les secours que demandait leur situation, la princesse ne négligea ni peines, ni soins : elle obtint la douce satisfaction de les arracher à la douleur, aux souffrances. La plupart des soldats virent cicatriser leurs blessures.

Le reste ne fut pas si heureux : une

chaleur insupportable vint les assaillir sur le roc où *Livia* était construite : ils périrent. Monouz désolé leur fit rendre les derniers devoirs : cette triste cérémonie, et la sécheresse de l'atmosphère ajoutait à leur douloureuse position, et aux chagrins dont ils étaient consumés.

Mais le ciel voulait épuiser sur eux toutes les misères ; il voulait éprouver leur constance et leurs vertus. Iscam ne pouvant les vaincre par la force, voulut les anéantir par la ruse. Il fit sonder le terrain, fit creuser quelques routes souterraines, et l'on découvrit la source du puits qui fournissait aux besoins des habitans de la forteresse.

Le barbare Iscam commande qu'on détourne cette source salutaire (1) : il sourit

---

(1) Historique.

le cruel, en donnant cet ordre épouvantable : ni pitié, ni même le cri de l'humanité ne firent tressaillir son sein : déjà il jouit de sa vengeance ; déjà il voit son ennemi mourant solliciter une grâce qu'il n'obtiendra pas.

Oh ! quel désespoir vint s'emparer de ces infortunés, quand ces mots retentirent dans les cours du vaste édifice. L'eau nous manque ! la source est tarie ! Que de cœurs furent glacés ! Cependant on espère encore ; on se flatte que si la chaleur diminue, la terre pourra leur fournir de nouveau cette eau précieuse, cette eau dont ils ne peuvent être privés long-temps sans succomber et périr dans les angoisses du plus affreux désespoir.

Six jours s'écoulèrent : rien n'annonce que l'espoir qu'on avait conçu puisse se réaliser : les soldats languissent ; leurs bra sont énervés : ils se taisent, mais leurs traits altérés trahissent leurs souffrances. On distribue le vin, les liqueurs réservées pour les jours d'allégresse : ils se désaltèrent, mais ils boivent le trépas !

Bientôt un feu dévorant ronge leurs entrailles ; ils courent comme des insensés en remplissant l'air de leurs cris et de leurs blasphèmes : ce douloureux spectacle déchire les cœurs de leurs maîtres ; ils partagent leurs douleurs, et se reprochent la misère de leurs généreux défenseurs.

Lampagie s'adressant à Monouz, lui dit : Tout nous accable, cher époux : il faut ployer sous la main puissante qui s'appesantit sur nos têtes : rendons-nous au calife ; et sauvons par notre soumission ces infortunés qui nous sacrifièrent leur existence. Le prince s'écrie : Femme généreuse, tu m'as prévenu, j'allais te le proposer. Ne tardons pas. Il commande que tout le monde se rassemble dans la cour principale. Les guerriers obéirent à cet ordre.

La fille d'Eudes était à côté du gouverneur; il découvre son noble front: Amis, dit-il, brave compagnons, il faut céder à la nécessité : si nous tardons encore, aucun de nous ne survivra aux privations où nous sommes réduits : compagnons, restez ici; moi je marche seu et sans armes vers le sultan : Lampagi me suivra; Lampagie partage ma destinée. Un cri d'horreur s'échappe de toutes l lèvres: non, non, plutôt, plutôt mouri cent fois! telle est la réponse qu'il obtin

Des larmes vinrent mouiller ses stoïqu yeux; il veut les dérober à ceux dont est entouré: bientôt il rougit de ce fa·

orgueil : Amis, s'écrie-t-il, amis, voyez-les couler, elles partent du cœur ! chers compagnons de mes travaux, qu'il est doux d'être aimé ainsi ! mais plus vous me prodiguez de marques d'attachement, plus je vous dois de sacrifices. Ma vie est votre bien, et mon devoir est de vous soustraire à tous les malheurs, s'il m'est possible : vous périssez pour moi, et je dois vous sauver. Je vous quitte ; puissé-je ne pas emporter votre haine pour les maux dont cette funeste entreprise fut la source ! Adieu, mes amis ! Il étend la main vers eux, et se dispose à partir.

Tous les soldats tombent à genoux, tous l'arrêtent. Cher prince, tu cours à ta perte, dit l'un d'eux ; est-il besoin de te sacrifier pour nous ? Si tu penses que notre salut exige ton éloignement, pars ; mais va chercher l'appui du vaillant comte d'Aquitaine, réfugie-toi dans ses états, dérobe ta tête à la vengeance du Calife : à ce prix, nous consentons à ton éloignement. Si tu refuses, nous mourrons ici..... aucun de nous ne te survivra. Acceptes-tu, cher prince? Nous tiendrons encore deux jours ; nous le jurons à la face du ciel.... ne t'inquiète de rien. Songe à ta sûreté et à celle de ton épouse. Y consens-tu, brave Monouz ?

Généreux dévouement ! action sublime ! Oui, j'accepte, oui, je pars.... Mais, un jour, si le sort me devient prospère, j'appellerai mes fidèles, mes braves autour de moi. Guerriers généreux, vous avez pressenti mon affreuse position. Hélas ! j'allais livrer moi-même mon épouse à ce tyran.... j'oubliais ma misère.... Je devais vous sauver, fût-ce même au prix de tout mon bonheur et de mon amour.... Oui, je pars.... j'emmène ma femme, mon idole, ma vie, la bien-aimée de mon cœur.... Je vais en Aquitaine. Je pars. O mes chers compagnons! je vous donne mes biens.... qu'ils servent à votre rançon, disposez-en, ils sont à vous.

Avant de quitter ce séjour, que peut-être elle ne reverra plus, Lampagie consentit à rendre à la terre la dépouille de son fils : faisant enlever dans la chapelle de *Livia* une dalle de marbre, elle y dépose le cercueil qui contient ces restes précieux : elle les arrose de pleurs; la pauvre mère, dans ce triste moment, croit perdre son enfant une seconde fois. Sa douleur est muette : un secret pressentiment semble lui annoncer qu'il est perdu pour elle, et qu'elle s'en éloigne pour toujours. Elle murmure un douloureux adieu.

Aussitôt que le soleil eut cessé d'éclairer

le monde, les infortunés époux se mirent en route : cachant sa beauté sous d'obscurs vêtemens, la princesse suit les pas de son cher Monouz. Son cœur est déchiré : la moitié est dans les murs de la forteresse, et l'autre accompagne celui qu'elle voudrait sauver au prix de tout son sang.

Ils suivirent les chemins que le travail des hommes a frayés dans les monts Pyrénées : le héros soutient la marche chancelante de sa chère Lampagie ; ils sont forcés de traverser les vallées à pied, et sans le secours de coursiers ; ce luxe aurait trahi leur fuite, et les aurait découverts. Après avoir erré cette longue nuit, ils prirent une légère nourriture : bientôt, ils s'enfoncèrent plus avant dans les montagnes ; craignant que le jour ne les fît découvrir, le creux d'un rocher leur servit d'asile, et la fille des rois trouva le repos sur la pierre humide ; son époux la couvrit de son manteau, et veilla sur elle.

Quels tristes pensers l'occupaient! Était-ce bien la belle Lampagie, errante et privée des premières nécessités de la vie! était-ce bien elle! et lui-même, qui, il y avait peu de jours encore, commandait en souverain! Que leur reste-t-il de tant de grandeurs? Rien, rien; la misère, la fatigue, le désespoir est tout ce qu'ils peuvent attendre et espérer.

Il pleurait : Dieu seul voyait ses larmes; et Dieu seul les recevait. Il considère cette femme jadis si belle, à présent pâle, abattue, goûtant sur le roc un sommeil agité! Quelle différence! combien son amour lui fut fatal! oh! qu'elle était séduisante le jour où ses yeux la virent pour la première fois! Infortunée! encore, s'il pouvait la conduire en Aquitaine, et la remettre dans les bras de son père! mais, hélas! ne succombera-t-elle pas dans la course pénible qu'ils ont entreprise?

Deux jours et deux nuits se passèrent dans ce triste voyage : marchant avec précaution, déjà ils espéraient s'être soustraits aux regards vigilans de leur ennemi ; déjà ils croyaient entrevoir les collines qui séparaient l'Aquitaine de la Cerdagne. Hélas! puissent-ils ne pas se tromper!

Leurs provisions étaient épuisées : n'osant se hasarder à demander l'hospitalité, Monouz était au désespoir des privations que sa femme éprouvait : déjà sa langue desséchée par une fièvre ardente implorait la mort ; la mort, terme de ses souffrances. Monouz regarde au loin : enfin, son œil inquiet découvrit une misérable cabane de chevriers. Il prend la mourante dans ses bras nerveux, et court vers cet asile, au risque de tout ce qui peut lui arriver.

Par pitié, donnez à cette femme quelques gouttes d'eau, s'écrie-t-il ; voilà de l'or.... On s'empresse, et Lampagie, ranimée par ce secours, revient à la vie. On la couche sur un lit de feuilles; un sommeil bienfaisant vient fermer sa paupière. Elle reprit des forces, et bientôt fut en état de se remettre en route. Ils allaient sortir de la chaumière, quand un pâtre entre effrayé : Voici des soldats, dit-il, qui s'approchent de notre maison; que nous veulent-ils? Que Dieu nous préserve de leur affreuse visite! A cette nouvelle, Monouz et Lampagie pâlissent : Mes amis, reprit le prince, je me confie à vous; c'est nous qu'ils cherchent... Sauvez-nous.... sauvez votre souveraine... voilà l'épouse de Munuza! Il désigne Lampagie.

Suivez-moi, suivez-moi, ô mes nobles

maîtres, dit celui qui les avait reçus; je vais vous conduire par des détours qu'il leur est impossible de connaître! Suivez-moi. Ils marchèrent sur les traces de leur guide. Vous vous êtes égaré, monseigneur; à peine êtes-vous à quelques lieues du camp; mais n'importe, je saurai vous soustraire à leurs recherches. Ils s'enfoncèrent dans un vallon, où d'épais taillis et des arbres d'une hauteur prodigieuse favorisaient leur marche silencieuse.

Ils se reposèrent enfin : la grande chaleur du jour rendait leur course extrêmement pénible; la princesse déjà languissante avait peine à supporter tant de fatigues et de périls; mais, cachant sa souffrance sous un air calme, elle dérobait à son époux les peines dont elle était accablée.

Le silence qui régnait dans cette solitaire vallée fut troublé par un bruit que les échos répétèrent : c'était la course rapide d'un grand nombre de chevaux : Monouz tremble pour Lampagie ; il frémit à l'idée qu'ils ne pourront peut-être pas fuir encore leurs persécuteurs : elle jette un triste regard sur lui, se lève, et murmure : Sauvons-nous d'ici ! enfonçons-nous dans quelque caverne où nous puissions trouver ou notre sûreté ou le trépas !

J'en connais une, reprit le chevrier ; vous y demeurerez, madame ; et moi, je pourvoirai à vos besoins : l'aspect en est difficile ; mais que ne fait-on pas pour se soustraire à la mort ?.... Il marche devant eux ; ils foulent l'herbe épaisse : sa hauteur semble indiquer que jamais le pied des humains n'a traversé ces lieux d'horreur et de désolation.

Une chaîne de montagnes terminait la vallée. A la troisième colline, reprend le guide, se trouve l'asile où vous devez vous cacher : marchez en assurance ; moi, je vais au-devant des soldats, et leur indiquerai une fausse route : je vous quitte pour vous servir, madame ; je ne fais point de sermens, mais Dieu connaît le fond de mon cœur, il sait si je vous suis fidèle... — Ah ! je n'ai pas le moindre doute, brave homme. Tiens, prends cette bague ; si tu ne nous retrouves plus, porte-la au comte d'Aquitaine ; il acquittera la dette de sa fille ; va. Mais les pas se rapprochent.... sauvons-nous ! Éloigne-toi.

Un massif de sapins couvrait le revers d'un mont ; ils s'engagèrent dans l'épaisse bruyère qui croissait aux pieds de ces arbres, et montèrent avec peine. Vers le milieu, ils aperçurent un étroit sentier qui paraissait abréger la route qui conduisait à la caverne ; ils le prirent, et, s'accrochant aux épines, aux ronces, ils tentèrent d'escalader cette haute montagne. Lampagie, épuisée, se laissa glisser sur la terre : Monouz, dit-elle, Monouz, je ne puis aller plus loin... je ne le puis... je me meurs... Et sa voix expira. — Je te sauverai en dépit de l'univers, s'écrie-t-il ; il la soulève, et l'emporte. A cet instant, des cris aigus se font entendre, des armes étincellent, son oreille recueille ces mots : La mort ! la mort !... Il détourne la tête, et reconnaît Iscam au pied du rocher. Il frémit ; le désespoir s'empare de lui : il gravit avec sa femme ce roc, où il espère trouver un refuge.... O douleur ! il arrive au sommet : un précipice est à ses pieds ; un abîme effrayant paraît s'entr'ouvrir pour les dévorer ; il recule épouvanté.. Lampagie, chère Lampagie, ce chemin mène au trépas...vois ! Elle y jette un coup d'œil, soupire et se tait.

Mais Iscam a gagné du terrain ; les chevaux gravissent avec ardeur ce mont fatal : Monouz, dit l'infortunée, cher Monouz, de tous côtés je vois la mort !... Sauve-toi, tu le peux encore; laisse-moi expirer ici... Objet de mon ardent amour, que j'emporte au tombeau la certitude que tu as échappé à tes ennemis.... Fuis, fuis, laisse-moi ! —Que dis-tu ? moi, te quitter ! moi, fuir, et comme un lâche ! —Mais le barbare approche.... ô bien-aimé, n'est-il aucun moyen de nous soustraire à sa puissance, à sa cruauté ! Embrasse-moi, presse-moi sur ton cœur... Le vois-tu ? tiens, son regard de tigre voudrait nous anéantir..... Monouz.... — Eh bien ? — Là, est le repos ! là, nous serons tranquilles. Elle indique du geste l'affreuse tombe... —Je t'entends, âme sublime ! je t'entends ! et n'osais te le proposer.

Il la serre contre sa poitrine haletante ; sa bouche se colle sur cette bouche adorée.... Ce long embrassement semble braver leur bourreau. Iscam furieux laisse échapper de ses lèvres écumantes un long rugissement : il saute à bas de son coursier, son épée brille.... il s'élance, il va frapper.... O courage! ô noble dévouement conjugal ! ô couple malheureux ! ô sublime attachement ! Monouz a vu le glaive étinceler sur la tête de Lampagie.... il frissonne d'horreur.... L'infortunée s'attache fortement à lui.... Tous deux regardent le ciel... ils s'étreignent encore... ils s'embrassent... se précipitent... Hélas ! hélas ! l'abîme les a reçus.... Une voix mourante répéta plusieurs fois, Mon fils ! mon fils ! mon époux ! L'écho se tut : la voix était éteinte!

Le jour suivant, le chevrier parcourut

la caverne où il espérait les retrouver ; peines et soins inutiles ! pendant quelques instans il se flatte qu'ils ont échappé à leur mortel ennemi; il en remerciait le ciel, quand son chien, suivant un sentier rapide, courut jusques au fond du précipice : là, il pousse un hurlement douloureux : son maître regarde en tremblant.... O crainte! ô terreur! le voile de la princesse était accroché aux ronces! Désespéré, le bon pâtre s'agenouille, prie et pleure. Malgré son pieux désir, il ne put recueillir ces restes malheureux : sa charité lui fit planter une croix modeste sur le bord de cet affreux tombeau ; mais aucun signe, aucune légende ne rappela la déplorable fin de ces nobles infortunés ! Il remit au comte d'Aquitaine l'anneau de la princesse, et lui raconta sa triste destinée. Eudes, plongé dans une douleur profonde, ne put lui-même faire arracher ces dépouilles sacrées au gouffre qui les avait dévorés.

---

(1) *Fragment* De rebus Eudonis et Caroli Mart., *dans l'ouvrage de Duchesne*, tome I, page 786. *On peut voir aussi l'ouvrage de D. Bouquet*, tome V, page 434.

Le sujet de cette chronique m'a été donné par M. Fabre d'Olivet; je lui en dois des remerciemens. Puissent le public et lui, trouver que j'ai bien développé cette antique version, et rendu les caractères de Lampagie et de Monouz avec intérêt et vérité!

FIN DE LAMPAGIE ET MONOUZ.

CHARLES III,

ROI DE FRANCE,

EMPEREUR D'ALLEMAGNE ET D'ITALIE.

(IXe SIÈCLE.)

Assis sur une pierre couverte de mousse, à l'entrée d'une épaisse forêt, se reposait un vieillard, pâle, exténué de fatigue et de besoin : ses traits, quoique défigurés par la souffrance, respiraient la noblesse et la majesté ; de longs cheveux blanchis plutôt par l'infortune que par l'âge, inspiraient le respect et la compassion.

Ses vêtemens tombaient en lambeaux : on eût pu croire que jadis ils avaient été brillans et riches; l'œil pouvait encore y distinguer la couleur éclatante dont se pare la majesté royale : mais quel rapport pouvait-il se trouver entre un mendiant, et la pourpre impériale et le trône des Césars !

La tête de cet infortuné était appuyée sur un bâton grossier, qui sans doute avait soutenu sa démarche chancelante : à ses pieds était un superbe lévrier, dont la race élégante n'appartenait qu'aux demeures des rois ; il suivait son maître, le regardait avec tendresse. Ah ! peut-être cet inconnu n'avait-il plus sur la terre qu'un paisible animal pour ami, pour compagnon ! celui-là du moins ne l'abandonnait point dans sa misère profonde.

Le regard de cet être malheureux paraissait égaré : était-ce l'effet du malheur ou de quelque cause ignorée ? Sur ses joues décharnées, on distinguait des traces de larmes amères : quelquefois il relevait sa tête défaillante et prononçait quelques mots à voix basse.

Enfin il s'écrie : O Dieu ! suis-je assez éprouvé ! ai-je assez expié mes fautes ! où suis-je ? que vais-je devenir? le besoin se fait sentir... et Charles ne trouve point sur lui, une obole pour acheter du pain ! du pain ! Hélas ! celui qui commandait aux hommes, ne possède plus rien ; il ne peut apaiser la faim dévorante dont il est tourmenté !

Toi, mon pauvre Faust, toi mon seul et unique ami, tu ne dédaignes pas de partager mon déplorable sort ! Qu'est devenu le temps où de vils flatteurs, de lâches courtisans, te prodiguaient de nombreuses caresses?... ils t'aimaient... ils cherchaient à captiver ton attachement... depuis ils t'ont frappé... les misérables!.. ton maître n'habite plus un palais... et son front est dépouillé de sa double couronne.

La nuit approchait, et le déplorable prince n'avait point d'asile pour reposer ses membres fatigués : cependant il semble ne pas craindre la solitude affreuse où il se trouve ; il reste sur la pierre humide qui l'a recueilli, et paraît n'attendre de changement à son malheur, que de la main du Tout-Puissant.

Tout à coup les roues d'un chariot pesant font retentir les échos du vallon : le vieillard auguste écoute : un rayon d'espoir fait battre son cœur ; refusera-t-on un abri à sa misère, à son âge, à sa déplorable infortune ! Il écoute encore, et le bruit se rapproche de lui ; alors il s'avance afin de solliciter la compassion de celui qui côtoyait la forêt.

Le chariot n'était pas éloigné ; Charles se

présente au conducteur : Qui que tu sois, dit-il, si tu es un homme, un chrétien, ne refuse pas ma prière ; je suis vieux ; mes jambes affaiblies ne peuvent plus porter mon corps défaillant, qui depuis deux jours n'a pas pris la plus légère nourriture ; qui que tu sois, donne-moi l'hospitalité ; Dieu te récompensera ; pour moi, je ne le puis ; et Charles étend la main vers l'étranger.

Celui-ci le considère ; il demeure étonné que ce vieillard, en demandant une grâce, n'ait point découvert son front en signe d'humilité ; cependant la pitié se fait entendre à son cœur, il descend et aide l'infortuné à se placer à ses côtés. Il allait remonter, quand Charles s'écrie : Et mon pauvre chien ! mon seul ami ! ainsi que son maître il est exténué : souffre qu'il se couche à mes pieds. — Vieillard, les chiens de mon seigneur et maître ne vont point dans ses chariots, je ne le puis et ne le veux. — Vassal, descends-moi; si tu es insensible à ma demande, j'aime mieux rester ici exposé à l'injure de l'air, à la férocité des ours et des loups hideux, que d'abandonner celui qui ne m'a point abandonné... lui seul m'a aidé à supporter la vie : ses tendres caresses ont soulagé mes cruelles infortunes... j'ai senti qu'il était doux d'être encore aimé... descends-moi. — Pauvre homme, voici ton lévrier. Le conducteur donna de l'aiguillon aux bœufs qui traînaient le pesant chariot, et l'on continua la route : il était nuit lorsqu'ils arrivèrent.

Nous voici, dit le conducteur, au château du noble seigneur Godefroi, valeureux chef des Normands : Godefroi, dont nous pleurons encore la fin cruelle; ce prince malheureux, assassiné par les ordres du barbare Empereur Charles! là se voit son tombeau : là son fils a juré d'immoler sur cette tombe, le bourreau de son illustre père.

Godefroi est-il ici ? s'écrie le fugitif d'une voix tremblante. — D'où peut venir cet effroi, étranger ? mon Maître daignera-t-il jeter un regard sur toi et sur ta misère ? il accorde l'hospitalité aux malheureux ; mais, accablé sous le poids de ses chagrins amers, il ne s'informe pas quel est celui qui repose sous son toit ; il ne te verra point. D'ailleurs j'étais absent ; peut-être n'est-il point revenu de l'assemblée qui vient de couronner Arnoul, et de chasser du trône impérial, un meurtrier et un roi sans courage. Vieillard, tu le sais sans doute, que Charles-*le-Gros* n'est plus le prince auquel nous devons obéissance? — Je le sais. Tous deux gardèrent le silence en entrant dans les cours du château.

On conduisit le vieillard dans la salle destinée aux étrangers : un repas copieux lui fut servi. Après qu'il eut satisfait cet impérieux besoin de la nature, on lui indiqua l'endroit où il devait aller se reposer. Le maître du château ne s'offrit point à ses regards.

L'aube venait de paraître ; inquiet, troublé, poursuivi par l'idée du crime qu'il avait ordonné, Charles se leva, et se disposa à quitter le toit hospitalier qui l'avait recueilli, bien qu'il lui eût été impossible de goûter le plus léger repos.

Appuyé sur son bâton, et suivi du fidèle Faust, il traversait les cours, et se flattait de se soustraire à la vue du fils de Godefroi; il hâtait sa marche appesantie, et déjà jouissait en idée de sa délivrance et de sa liberté! Mortel insensé! depuis quand la fortune cesse-t-elle de poursuivre celui qu'elle a commencé de persécuter? envain tu espères ; prince malheureux, le destin t'accable ; hélas ! échapperas-tu à ses coups impitoyables !

Mais le sommeil avait fui les paupières du jeune prince : se promenant sur un balcon, il observait les premiers feux du jour, son œil suivait la marche silencieuse du flambeau de l'univers ; déjà il entrevoyait les rayons de l'astre lumineux, quand il fut distrait de ses observations par le bruit de quelques pas.

Il regarde.... un inconnu, n'ayant d'autre guide, d'autre compagnon qu'un chien, sortait de la chambre réservée aux devoirs hospitaliers : un moment son cœur plaignit l'infortune et la vieillesse ; mais un second regard éveilla la vengeance et le désir de punir un barbare ennemi.

Il fit retentir le cor qu'il portait : à ce

signal les gardes s'empressèrent aussitôt d'accourir. Conduisez cet homme devant moi, leur crie-t-il d'une voix formidable ; obéissez. Tous entourèrent le monarque détrôné, et, malgré sa résistance, le contraignirent de paraître devant leur maître.

Avant d'entrer dans la salle où se trouvait Godefroi, le malheureux Charles ôta le chaperon qui couvrait sa blanche chevelure : la porte s'ouvrit alors ; et celui qui possédait jadis l'empire d'Allemagne, celui d'Italie, et la couronne des Rois de France, se vit traîné comme un vil criminel devant un de ses sujets irrité ; devant un sujet qui, autrefois, se serait trouvé honoré de se prosterner humblement à ses pieds, qui eût adoré et son immense pouvoir, et le monarque, possesseur de ces trônes, objet d'envie des mortels insensés.

Le jeune Godefroi se laissait entraîner à la violence de son courroux, et cherchait à humilier le maître orgueilleux qu'il tenait en sa puissance. Pour donner plus de solennité au jugement qu'il allait porter, ce jeune prince s'était placé sous le dais où il rendait la justice à ses vassaux ; sa tête était couverte d'une toque brillante consacrée aux solennités, et sa main se trouvait armée de l'épée paternelle ; un de ses pages portait le glaive meurtrier. Godefroi commanda qu'on fît approcher le bourreau de son père. Calme et résigné à son sort, Charles s'avança.

Enfin, dit-il, je puis venger le sang que tu as fait répandre injustement, assassin du plus brave des guerriers!..— Jeune homme, répond celui qui fut roi de France, jeune homme, lève-toi, et parle à ton maître avec plus de respect. — Tu ne l'es plus. — Je le suis encore. — Tu as mérité, par tes cruautés, et la haine et le mépris de tes peuples.... ils t'ont précipité du trône.... — Mes sujets n'avaient pas ce droit. Leur révolte a-t-elle effacé l'huile sainte qui sanctifia mon pouvoir? est-il effacé aux yeux du Tout-Puissant?... Je suis encore leur souverain.... — Cependant Dieu t'abandonne, Dieu a permis que tu te remisses toi-même aux mains d'un fils vengeur.... — Ce fils ne peut oublier que son toit m'a offert un asile; il ne peut oublier l'hospitalité qu'il m'a donnée. — J'oublie tout, hors le meurtre de mon père. Viens sur sa tombe, c'est là que cette main t'immolera à ses mânes plaintifs. Marchons. — Penses-tu que je refuse de te suivre? Viens, jeune homme, viens plonger une main coupable dans le sein de ton roi ; viens. Et Charles devançait les gardes.

Ils descendirent dans le caveau sépulcral : un cénotaphe magnifique renfermait les restes mortels de Godefroi, chef ou roi des Normands ; à cette vue, un mouvement d'effroi fit tressaillir le roi : le jeune Godefroi sourit amèrement : l'instant qui va suivre celui-ci fait fléchir son audace. Empereur d'Allemagne, dit-il, le moment est venu : prie, prie ; tu vas périr. — Toi qui sors de l'enfance, tu vas te souiller d'un crime inutile : mon sang versé n'effacera point celui de ton père... Jeune homme, ne crois point que je veuille sauver ma vie... non... Regarde ma misère... vois l'abandon où je suis réduit... regarde ce qui me reste de tant de grandeur et de puissance... je ne possède plus un ami... pas un serviteur... souvent je n'ai pas un abri... pas un vêtement pour couvrir mon corps amaigri... de la pourpre dont je fus revêtu, il ne me reste que quelques lambeaux... Souvent ce front qui courbait sous le poids de trois diadèmes, n'a d'oreiller qu'une pierre, ou la terre détrempée par mes pleurs... Souvent... le dirai-je! la nuit et le jour s'écoulent sans que ma bouche reçoive la moindre nourriture... Dis, Godefroi, n'ai-je pas expié le meurtre de ton père? n'ai-je pas assez souffert? Frappe, tu le peux... je te pardonnerai de m'avoir soustrait à tant de maux... Mais, frémis : mes peuples jetteront sur toi le déshonneur! Le lâche, diront-ils, assassine un vieillard, auquel il avait accordé un asile... Oh! crois-moi, le sang répandu, fût-ce celui d'un criminel, ne nous laisse point de repos.... je l'éprouve : à présent, Godefroi, venge ton père!

Soit que le respect qu'imprime sur les

cœurs la majesté royale, soit plutôt que l'état misérable où se trouvait réduit un prince qui autrefois avait vu l'univers à ses pieds, soit que la compassion pour tant d'infortunes eût attendri le jeune Godefroi, il remit l'épée dans le fourreau, et dit : Mon père, pardonne-moi si je ne verse pas sur ton cercueil le sang de ton meurtrier : je t'imite ; j'imite ta clémence... et j'honore l'hospitalité... Toi, qui fus mon souverain, en quels lieux faut-il te conduire?

J'allais trouver Luitpert, archevêque de Mayence : isolé, manquant de tout, je m'étais égaré; Dieu m'a conduit ici. — Dieu m'a ouvert les yeux. Roi, je n'ajouterai pas aux maux dont tu es accablé... moi-même je te remettrai aux mains de l'archevêque. — Généreux enfant, je m'abandonne à toi. Le jeune prince sortit du caveau, accompagné de sa suite et de Charles : Godefroi demanda deux coursiers ; aussitôt ils se mirent en route pour Mayence.

Ils arrivèrent au palais habité par le sage prélat : Fils de Godefroi dit Charles, je me présenterai devant Luitpert, à l'ombre de ton nom... le veux-tu ? — Seigneur, j'ai promis de te remettre sous la protection du digne archevêque, je remplirai cette noble tâche. En ce moment un des officiers les introduisit dans l'appartement de son maître.

L'archevêque s'avança vers les étrangers qui avaient sollicité une audience de son humanité ; il s'avançait, quand son regard se porta sur le plus âgé de ces inconnus... Que vois-je ! s'écrie-t-il, mes yeux ne me trompent-ils point ? Charles en ces lieux ?.. Charles en mon palais ?..

et sous cet habit misérable !.. — Oui, c'est moi, oui, c'est Charles, empereur et roi de France, qui vient ici réclamer la pitié, de toi, Luitpert, de toi, dont je fus l'ennemi... de toi, que j'ai abreuvé de dégoûts et d'amertumes... Pour récompenser ton zèle de me servir, je t'ai exilé... bien-plus, si j'en eusse eu le pouvoir, je t'aurais dépouillé du sacerdoce dont tu es revêtu... maintenant, regarde l'état où je suis réduit... et juge si j'ai manqué de courage, en me rendant près de toi.

— Monarque infortuné, tes malheurs sont parvenus jusqu'à moi : tu as daigné me juger sans prévention, et mon cœur te devra une reconnaissance éternelle pour l'illustre confiance dont tu m'honores : que mon palais devienne ton asile, et je mettrai tous mes soins à adoucir la cruauté dont le sort se plaît à t'accabler.

Luitpert, je n'attendais pas moins de ton noble caractère : en effet, quel est l'ennemi assez vil, assez lâche pour trahir, et pour livrer celui qui se confie à sa loyauté? Luitpert, je connaissais tes vertus; lorsque la fortune m'abandonna de toutes parts, lorsque je fus réduit à manquer de tout, lorsque je fus sans asile, réduit à la mendicité, sans pain, sans vêtement, n'ayant aucun abri, ne trouvant dans mes sujets que des ingrats; dans mes serviteurs que des traîtres sans honneur, sans humanité, des barbares, qui osèrent me rejeter de leur toit, qui me bannirent du seuil de leurs maisons; oui, ceux que j'avais comblés de faveurs, de richesses, d'honneurs, et de grâces, refusèrent un morceau de pain à leur maître chassé du trône de ses aïeux; telle est l'ambition des grands! dans ma détresse, je me suis dit : Luitpert seul, Luitpert me tendra une main secourable. Je suis venu vers celui que je connaissais pour loyal ennemi. — Roi, je ne démentirai point la bonne opinion que tu as conçue de moi. —Luitpert, mes infortunes durent depuis six mois. Les connaissiez-vous? — On m'avait dit que les seigneurs s'étaient relevés de ton obéissance. Voilà tout ce que j'ai appris. — Je ne vous cacherai rien; vous apprendrez mes fautes, et ma misère, et mon repentir; vous connaîtrez les épreuves cruelles où Dieu m'a soumis. — Demain, seigneur, demain, il en sera temps; aujourd'hui vous avez besoin de repos. — A demain donc.

Tu sais, vertueux prélat, dit Charles, que je fus appelé pour gouverner la France, par le vœu général de la nation : il répugnait à cette nation valeureuse, d'obéir aux ordres d'un faible enfant (1) : déjà mon front était orné du diadème de l'empire d'Allemagne, et de celui d'Italie; un troisième vint mettre le comble à mes prospérités. Mais, qui peut compter sur la constance de la fortune !

Tout pliait sous mon immense pouvoir : je n'avais plus de désirs à former : enivré de l'encens des mortels, j'osais défier le sort de me devenir contraire ; de tous côtés j'avais abattu mes nombreux ennemis ; mes belliqueux soldats se reposaient en paix sur leurs glaives et sur leurs boucliers; les plaisirs et les jeux avaient remplacé les horreurs de la guerre.

Le ciel, fatigué de ma prospérité, sus-

---

(1) Charles-le-Simple, fils posthume de Louis-le-Bègue.

Mézeray.

cita les Normands contre moi : ces barbares recommencèrent leurs courses dans mon empire. Je rassemblai mes armées ; j'envoyai contre eux mes plus vaillans chefs, qui, enfin, obtinrent quelques avantages sur leurs nombreuses troupes.

Bientôt de toutes parts vinrent des réclamations pour m'engager à me choisir un successeur au trône, puisque je n'avais point eu de fils de mes épouses : malgré mon extrême répugnance, je me rendis aux vœux de mes peuples.

De nombreuses brigues m'entourèrent ; tout autour de moi ce ne fut qu'embûches, tromperies : les uns s'humiliaient à mes genoux pour obtenir mon amitié ; d'autres, ma sœur Hildegarde surtout, me menaçaient, si je rejetais celui qu'elle osait me présenter.

Pour me venger et pour me débarrasser

de tant d'importunités, je choisis irrévocablement le fils d'Hermengarde, veuve de Boson, roi de Provence : ce jeune prince s'était illustré par de hauts faits, et promettait d'être un jour un monarque sage et magnanime. Je le fis reconnaître par les chefs de la nation.

Rien ne pouvait exprimer la fureur d'Hildegarde ; j'avais rejeté un prince qu'elle adorait. Aussi répétait-elle en tous lieux qu'Arnoul, fils bâtard de Carloman et mon neveu, avait plus de droits légitimes que le fils d'un souverain étranger. Le peuple écouta ses clameurs, et tous les jours le nombre de mes ennemis augmentait.

On réveilla la valeur des Normands ; ils revinrent avec une armée considérable. Cette fois je trouvai moins d'ardeur dans mes troupes ; elles combattirent faiblement.

Je me mis à leur tête; mais soit qu'elles fussent gagnées, soit que le courage de leurs adversaires leur en imposât, je ne trouvai plus cet enthousiasme qui, peu de temps auparavant, leur faisait affronter et le trépas et les flèches de ces farouches pirates. Bientôt je me vis forcé de conclure un traité avec eux. Ils s'éloignèrent enfin.

Ah ! que l'amour réuni à l'ambition peut nous faire enfanter de crimes ! Ma sœur.... ma sœur elle-même se mit à la tête du parti qui s'élevait contre moi ! Elle aimait Arnoul, en était aimée, et sa main brûlait d'orner de la couronne impériale le front qu'elle adorait.

Arnoul est beau, vaillant ; il sort du sang des rois.... Mais ai-je besoin de vous tracer son portrait ? vos yeux l'ont vu.... mais, moi.... la nature me fut marâtre. Bientôt ils attaquèrent mes défauts corporels ; ils instruisirent le peuple à me charger d'odieuses épithètes (1) ; et le mépris insensiblement remplaça le respect qu'il devait à son souverain.

O souvenir fatal ! ô jour d'affreuse mémoire ! Que devins-je lorsque je vis entrer dans ma chambre les grands de l'état, chargés de me signifier que la nation venait de me déposséder du trône, de la puissance et de l'empire ! O souvenir fatal ! Un moment je crus que ces discours étaient l'effet d'un songe funeste. Bientôt, hélas ! bientôt il me fut impossible de douter de leur réalité.

Un d'eux que j'avais comblé d'honneurs et de richesses, un d'eux que j'avais tiré des derniers rangs de l'armée, pour l'éle-

---

(1) Charles le Gros.

ver presque jusqu'à moi, celui-là même osa d'une main criminelle arracher de mon front le diadème royal! Surpris, confondu d'une si noire ingratitude, en frémissant je détournai la tête, et malgré moi mes yeux se couvrirent de larmes amères.

Pour toi, barbare Romuald, disais-je; j'ai offensé la noblesse de mon royaume! pour toi, je blessai son orgueil: favori sans mérite, tu n'avais aucun droit aux dignités dont je t'ai couvert! pour toi, je me suis fait de formidables ennemis! et c'est toi qui le premier me plonges dans l'opprobre et dans l'ignominie! Et l'indigne courtisan m'insulta.

Luitpert, qu'il fut cruel le moment où tout le monde m'abandonna! qu'il fut affreux le moment où je me vis chassé de mon palais! Digne prélat, pourras-tu croire que mes vils serviteurs me dépouillèrent de tout ! pourras-tu croire que sous mes yeux, devant moi, devant moi, que peu d'heures avant cette funeste catastrophe ils adoraient à genoux, ils osèrent enlever mes meubles, mes pierreries, mes riches vêtemens, et ne me laissèrent que ceux qui couvraient mes membres chancelans ! Ce manteau, dont l'œil ne peut distinguer la couleur, fut un manteau royal ; je le traîne dans la misère et dans la fange depuis plus de six mois !

Ah ! quelle angoisse mortelle je ressentis lorsque je me vis seul ! que cet isolement me fut douloureux ! moi qui, depuis ma naissance, n'avais jamais essuyé un moment de solitude ! qu'elle me fut pénible ! Vainement je cherchais les serviteurs qui prévenaient mes ordres.... Quelquefois même, oubliant ma triste situation, j'appelais.... Aucune voix ne répondait à la voix du malheureux Charles de France.

Souvent.... oui, le ciel a voulu venger les fautes que j'avais commises : il a voulu venger le sang innocent répandu par mes ordres : Godefroi, Hugues.... Mais pourquoi rappeler mes crimes ? Nobles victimes, j'ai souffert plus que vous, et plus long-temps !

Souvent je n'eus pas un abri pour reposer ma tête ; souvent j'errai sans asile et sans pain ; souvent je fus exposé à la dent meurtrière des animaux féroces : mais ce qui m'était plus sensible, c'était l'instant où une porte que j'avais crue hospitalière se refermait sur moi ! Alors mes pleurs se faisaient un passage. J'étais devenu faible, craintif ; mais bientôt je rappelais mon courage, j'offrais à Dieu mes peines, et Dieu me consolait.

Accablé par tant d'infortunes et de misère, ma mémoire oublia et mes amis et mes ennemis.... Mes amis, je n'en avais plus! Les rois en ont-ils jamais eu! Quelquefois ma raison revenait, et je pouvais repasser dans mon souvenir et ce que j'étais, et ce que j'avais été!

Oh! que les courtisans me parurent vils et méprisables! et que les souverains sont à plaindre! entourés de flatteurs, ils ne peuvent percer la triple enveloppe dont leurs cœurs sont environnés: nous nous laissons entraîner par le charme de leur langage trompeur: les perfides nous dérobent le précipice qu'ils creusent sous nos pas; nous y tombons, et leurs mains criminelles ne font aucun effort pour nous en retirer.

Allons trouver Luitpert, me suis-je dit, allons: son âme est généreuse, son cœur est animé d'une foi vive et d'une douce charité. Luitpert fut persécuté par mes ordres ; ou je le connais mal, ou la vertu ne serait qu'un songe trompeur. Je suis vieux, misérable, je suis accablé par tous les maux qui affligent l'humanité; confions-lui le reste de notre déplorable vie ; lui seul, sans doute, lui seul aura pitié de ma profonde misère, lui seul n'outragera pas l'oint du Seigneur. Accompagné de mon dernier ami, de mon chien fidèle, je suis venu. Luitpert, Charles, qui fut empereur, te demande un asile, des vêtemens, du pain.

O mon malheureux maître, dit le vertueux prélat, daigne oublier les jours où je m'élevai contre toi ! pardonne ; le devoir sacré de mon état m'imposait cette rigueur : n'est-ce pas aux serviteurs de Dieu à s'interposer entre le peuple et les souverains ? Qui prendra sa défense si nous le dédaignons ? Le laisserons-nous écraser sous le poids des injustices et des vexations dont il est accablé ? Pardonne, seigneur ; mais alors de lâches flatteurs te trompaient, ils te conduisaient de précipices en précipices ; ils cherchaient à amasser sur ta tête royale la haine et la fureur de tes sujets ! Ils ont réussi dans leurs horribles desseins : hélas ! tu es tombé sans retour.

Aujourd'hui ces mêmes courtisans s'inclinent devant ton successeur ; car tu n'ignores pas, ô mon déplorable maître, qu'Arnoul est couronné ; il occupe ta place, il règne enfin sur les empires que tu possédais. — Je ne le sais que trop. — Tes peuples se sont dégagés du serment d'obéissance. — Il est trop vrai. — Cependant, sire ; oui, tu le seras toujours pour moi, les hommes ne pouvant pas délier ce que Dieu a lié sur la terre; sire, que mon palais soit ton palais ; daigne, monarque infortuné, l'honorer de ta présence. Moi, dans quelques jours j'irai trouver l'usurpateur, et lui remettrai devant les yeux la honte de sa conduite : moi, Luitpert, moi, j'élèverai la voix à la face de l'univers, pour réclamer ton rang et les droits que tu as au trône des Français ; et toi, jeune Godefroi, toi dont l'âme est si généreuse, tu m'accompagneras. Tu as surmonté ta colère, tu as tendu la main à ton roi malheureux : noble enfant, en vengeant un père, tu aurais commis un parricide.... le ciel t'éclairait, remercie-le. Sire, commande en ces lieux, tout le monde t'obéira. Charles, étonné, s'écria : Dans mon aveuglement je te jugeai au-dessus de tous les mortels ; l'instinct qui guide les actions des hommes m'a conduit, trop magnanime Luitpert. Ici, je vais me délasser de nombreuses fatigues ; ici, je tâcherai d'oublier un rang où je fus le plus misérable des humains ; je prierai pour mon bienfaiteur, je prierai... Puisse le ciel exaucer mes prières, et ramener le calme dans mon âme !

Luitpert se rendit auprès d'Arnoul : le sage évêque demeura interdit à la vue de l'éclat et du luxe dont il était environné. Il se présenta au pied du trône, et bientôt il fut admis à l'audience du nouvel empereur.

Loin de fléchir les genoux comme les courtisans qui l'entouraient, il s'approcha du trône avec respect et fermeté. Arnoul se leva, et lui tendit la main ; le prélat retira la sienne, et parut ne point observer le geste amical du fils de Carloman.

A côté du monarque se trouvait une femme, c'était l'impérieuse Hildegarde : son orgueil fut blessé de la dignité du prélat ; un regard fier et dédaigneux répondit au salut que lui adressa l'archevêque.

Duc de Carinthie, dit-il d'une voix noble et majestueuse, je viens ici te rappeler tes devoirs. D'où vient le maître de cet empire n'habite-t-il plus le palais des souverains ? d'où vient est-il errant ? d'où vient est-il privé d'asile, de serviteurs, et de la pompe de son rang? Qui t'a donné le droit d'envahir les dépouilles de ton maître ? Pourquoi cette couronne déshonore-t-elle ton front, jadis ombragé des palmes de la gloire ? — Luitpert, je pourrais m'offenser d'un tel langage : cependant je l'excuse. Ecoute, et juge.

Tu me demandes qui posa sur ma tête le diadême des rois? la victoire et les vœux d'un peuple tout entier. Charles était en horreur, Charles était haï; Charles acheva d'indisposer la nation contre lui par un traité honteux avec les Normands : il leur permit le pillage de nos villes ; il leur promit une somme considérable pour les engager à quitter les rives de la Seine : moi, je les ai chassés. L'armée, le peuple me comblèrent de bénédictions ; ils me proclamèrent à sa place. Je règne. Je n'ai plus d'autre réponse à te faire, seigneur évêque. Voilà mes droits.

Tes droits sont illégitimes, duc; Charles existe. — Charles est déchu du trône ; ses peuples ont secoué son joug, et sont déliés du serment d'obéissance. — Qui les en releva ? — Leur volonté et l'épée qui brisa leur esclavage. — Eh bien ! toi qui partages sa dépouille, toi qui occupes son trône, toi qui goûtes toutes les jouissances et du pouvoir et d'une vie délicieuse, comment souffres-tu que ton roi, que ton empereur, que ton maître, soit plongé dans les horreurs de la misère la plus déplorable? Comment n'as-tu pas pourvu à sa triste existence? Toi, qui reposes sur sa riche couche, comment cette pensée horrible ne te poursuit-elle pas? Ce lit fut celui de Charles, celui de mon oncle.... et peut-être n'a-t-il pas une pierre pour reposer sa tête et ses membres fatigués! Peux-tu dormir d'un paisible sommeil? le peux-tu?

Et vous, madame, vous sa sœur, sa douloureuse situation ne vient-elle pas quelquefois empoisonner les plaisirs dont vous êtes enivrée? Quand tout sourit à vos vœux, Charles, votre frère, Charles que la nature, le rang, l'âge, vous firent un devoir de respecter, traîne avec effort une vie languissante! L'infortuné! que de fois il présenta sa main tremblante, pour implorer la plus chétive nourriture! que de fois il fut refusé! que de fois il demanda la mort! combien de fois il fut abreuvé d'amertume! que de fois les tempêtes, le vent, le tonnerre et les élémens en courroux se liguèrent contre lui.

Hildegarde, c'est votre frère, c'est votre roi. Si Dieu le permet, il chassera celui qui usurpe sa place : craignez, craignez la vengeance céleste! Femme cruelle, que la pitié se fasse entendre à votre cœur.... Charles meurt, il languit privé d'amis et de secours.... Redevenez une sœur pour lui.... tendez-lui une main secourable.... Vous ne répondez pas?... — Que dirai-je? Arnoul est empereur, Arnoul est mon époux.... Puis-je hésiter entre lui et mon frère?

Ainsi donc Charles est abandonné....

Ainsi donc sa dernière espérance est évanouie ! Malheureux prince ! infortuné monarque.... Mais n'espérez pas, couple perfide, que Luitpert vous laisse jouir en paix de votre crime ! Moi-même je le montrerai au peuple ; je dirai sa misère, je dirai la barbarie de sa sœur, son amour effréné.... Je dirai tout ; et peut-être ma faible éloquence touchera-t-elle les cœurs de ses sujets. — Que faut-il faire, reprit Arnoul, pour apaiser ce courroux violent, seigneur évêque ? — Faire remonter Charles sur le trône.... — Y pensez-vous, Luitpert ? je ne ferai jamais une telle bassesse, jamais ! — Prince, écoutez-moi ; il faut de plus attendre qu'il veuille bien vous associer à la suprême puissance. — Quand même j'aurais tant de faiblesse et de pusillanimité, Charles pourrait-il oublier les outrages qu'il a reçus ! le pourrait-il ? D'ailleurs, il a perdu ses droits à l'empire. — Charles n'a point signé sa ruine ; Charles n'a point donné son consentement à cet acte d'iniquité. — Que nous fait son adhésion ? que peut-il ? il est abandonné de la nature entière ! — Dieu lui reste ; et Dieu confondra ses ennemis ! — Jusques à cet instant, seigneur évêque, j'attendrai, sur le trône, le malheur qui m'est annoncé. Je l'attendrai avec courage. — Il ne tardera pas. — Peut-être. Cependant je ferai cesser ces clameurs ; je vais pourvoir à sa subsistance.... — Noble et généreux effort ! Prince, et vous, madame, puisque rien ne peut vous toucher, je m'éloigne. Il rejoignit Mayence.

Les discours de Luitpert avaient fait rougir Arnoul ; il sentit combien son ingratitude envers Charles, le frère de son père, pouvait attirer sur lui et de blâme et d'enemis. Après avoir consulté ses favoris et n épouse, ils décidèrent qu'il lui serait loué trois villages pour son revenu (1). n messager, reçut des ordres en conséquence de cet arrangement; il prit la route ue suivait le prélat. Peu d'heures après n arrivée, il entra dans la ville épiscole : il se présenta au palais, et fut admis ux pieds de l'archevêque.

Charles était présent quand il exposa s avantages que la bonté de son empeeur faisait à son oncle. Luitpert, indigné 'un tel outrage, allait répondre, et rejeer ces offres dérisoires, lorsque son royal ôte rompit le sceau des lettres de proriété. L'évêque, interdit, garda le silence.

---

(1) Historique.

Après avoir lu, le malheureux monarque dit avec fermeté à l'envoyé d'Arnoul : Retourne vers ton maître, va lui dire que je veux bien accepter ses dons; que, loin de souhaiter de remonter au rang d'où je suis descendu, je préfère le sort misérable où je suis : au moins je n'ai pas besoin de me défier de tout ce qui m'environne; je suis sans crainte, personne n'envie ma triste position. Si Arnoul se flatte que le bonheur est sur le trône, il se trompe; la trahison, le crime, l'ingratitude, sont la récompense que nous obtenons pour prix de nos bontés : qu'il compare ma destinée, et qu'il voie si j'en impose. Rapporte-lui ce que tu as vu.

Seigneur, reprit l'officier d'Arnoul, voici un autre écrit dont je suis chargé. — Donne. Charles le déploie, il en parcourt des yeux le contenu; la rougeur de l'indignation colore ses traits pâles et flétris. Ecoutez, Luitpert, dit-il, écoutez le dernier outrage dont on veut m'abreuver encore : il lui montra le fatal parchemin.

Ils veulent, les barbares, que je signe ma honte, et que je justifie leur indignité. Qui ? moi ! je les laisserais jouir sans remords du crime dont il sont coupables envers moi ! j'approuverais leurs outrages ! et le plus lâche des princes. J'éleverais aux yeux du monde entier les traîtres qui ne tremblèrent point en amassant sur ma tête toutes les misères humaines ! Qui ? moi ! j'oublierais l'opprobre où je fus plongé par leurs ordres !.... Non, non ; je puis bien désirer la tranquillité..... mais leur pardonner, jamais ! Rends à ton maître et son insolente missive et ma réponse. Pars.

Charles, conduit par le vertueux prélat, vint prendre possession des biens qui lui étaient alloués. Une chétive chaumière, un jardin, un verger, un pauvre pâtre pour le servir ; tel était l'apanage d'un prince qui fut le plus puissant de son siècle.

Souvent, pour chasser d'importuns souvenirs, sa main royale prenait la bêche. De cette main qui porta long-temps le sceptre impérial, et qui long-temps mania l'épée et la hache d'armes, il remuait la terre, et travaillait à arracher du sol bienfaisant sa triste nourriture. Hélas ! Charles se trouvait heureux ; il ne voyait plus autour de lui que les regards de l'amitié. Quelques mois se passèrent ainsi : bientôt il oublia et le trône et les courtisans, et peut-être ses malheurs.

Un jour il se promenait dans ses domaines ; tout à coup il entend résonner un cor : il entend, ô surprise ! ô doux ressouvenir !

il entend l'air que ses troupes chantaient lorsqu'il marchait à leur tête. Il écoute.... son cœur, depuis long-temps affaissé sous la main de l'infortune, semble se dilater : c'est un ami, pense-t-il, qui revient vers son prince malheureux ! Il formait mille conjectures, quand le pâtre accourut, et lui dit que de belles dames le demandaient ; il crut que c'était les épouses de quelques sujets fidèles. Charles hâta sa marche, et regagna sa chaumière.

Deux femmes, couvertes de voiles de lin d'une blancheur éclatante, étaient assises sur de méchantes escabelles de bois : toutes deux se levèrent à son approche, et semblèrent attendre qu'il daignât les interroger. Il les pria de passer avec lui dans la chambre prochaine : une seule le suivit. Surpris de cet incident, il forma différentes conjectures.

Celle qui marchait sur ses traces ferma la porte avec soin : aussitôt, tombant à ses pieds, elle embrassa ses genoux et les arrosa de larmes. O mon prince ! disait-elle, ô mon roi ! pardonnez à mon repentir ! pardonnez-moi ! — Qu'entends-je ! quelle voix ? ô Dieu puissant, à quelle épreuve suis-je réduit ! Vous, ici ! vous ! — Oui, c'est moi ! oui, c'est Hildegarde ! — Hildegarde ! toi ! toi que j'avais tant aimée !.. C'est toi, cruelle ! toi, dont la barbare conduite m'a déchiré le cœur.... Que j'ai souffert par elle !.... J'aurais défié l'univers.... Mais perdre ton amitié !... Hildegarde, retire-toi.

Non, non ! je viens demander mon pardon !... je viens mourir ici.... ou l'obtenir !... Hélas ! je suis plus à plaindre que vous, ô mon royal frère.... Mon infortune est mon ouvrage, et je l'ai méritée.... —

Explique-toi. — Cet Arnoul !.... — Nom funeste ! — Cet Arnoul, pour qui j'ai encouru le mépris de l'univers ! cet Arnoul pour qui j'aurais donné mon sang, ma vie ! cet Arnoul est infidèle ! ô douleur poignante ! Arnoul !....

Dieu est juste, cruelle Hildegarde ! le crime est payé par le crime ! Mais je ne t'accablerai point. Pleure, pleure ; les coups lancés par une main chérie sont plus cruels que ceux qui partent de la main d'un être indifférent ! Pleure, malheureuse Hildegarde, et ton fatal amour et ses suites déplorables !

Oh ! combien je l'aimais ! reprit-elle ; qu'il m'était cher, l'ingrat ! Jusqu'au jour où je le vis, je fus heureuse.... mon cœur n'avait point ressenti l'amour.... Que je fus frappée de sa beauté, de la noblesse de sa taille ! Ma raison s'égara, et je devins criminelle ! Oui, je le suis ! j'ai trahi l'amitié, la nature !.... j'ai trahi mon roi !.... O noble Charles ! votre pardon est nécessaire à ma douleur profonde !

Eh bien ! dit-il, je te l'accorde ; sois heureuse, s'il est possible, dans les liens que tu as formés : va, sœur trop aimée, va, mon Hildegarde, je n'appellerai point l'anathême sur ta tête coupable ! je te pardonne ; va rejoindre Arnoul, oublie ses torts ; il est jeune, il possède un trône, toutes les séductions lui sont offertes : va, que la douceur soit l'unique moyen dont tu te serves pour le ramener. Viens, sœur chérie, viens sur ce cœur, qui malgré tes erreurs, t'aimera toujours. Charles lui tendit les bras, elle tomba sur son sein.

Les pleurs coulaient lentement sur les joues du monarque infortuné. Hildegarde, habile à profiter des conjonctures favorables, l'accabla de perfides caresses : ému, touché, il y répondait avec transport. Depuis si long-temps son triste cœur était fermé aux douces émotions; depuis si long-temps il n'avait reçu que de douloureuses sensations!

Ah! que ce jour est heureux pour moi, ajouta-t-il d'une voix touchante; que ne donnerais-je pas pour qu'il durât toujours? Est-il vrai, Hildegarde, tu éprouves des regrets d'avoir été le premier instrument de ma ruine?... est-il vrai? — Vous n'en doutez point, cher prince, vous ne pouvez en douter. — Bientôt, hélas! bientôt je serai privé du bonheur de te voir.... il faut rejoindre ton époux.... — Hélas! Arnoul ne l'est point!.... ma vie est flétrie, ma vie est pour jamais couverte d'opprobre.... Que me demandes-tu? cruel Arnoul.... Qu'exiges-tu?

Réponds, Hildegarde ! réponds ! Le parjure oublierait-t-il que tu es du sang des rois ? oserait-il couvrir ton front d'ignominie ? Réponds ? — Je ne le puis. — T'aurait-il bannie de la couche nuptiale ? — Il me refuse le nom d'épouse... celui de maîtresse.... — Hildegarde a pu choisir la honte et le déshonneur ! — Plaignez-moi, Arnoul me dédaigne.... — Que veut-il de toi ? de toi qui lui sacrifias ton frère et ta gloire ! — Vous ne pourrez le croire... Ah ! combien vous rougirez pour moi, pour moi qui me suis liée à cette âme criminelle !...

Hildegarde, si vous m'aimez encore, ne me cachez rien ; je vous l'ordonne, ou je révoquerai mon pardon. — Dieu puissant, donnez-moi le courage de lui tout dévoiler. — Parlez, parlez enfin ? — Il veut, ô forfait ! il veut qu'abusant du noble attachement dont vous m'honorez, j'emploie, avec bassesse et lâcheté, cette même amitié à vous faire signer l'acte de votre abdication : il l'exige, il l'ordonne. Si je ne lui remets pas cette pièce importante, cette pièce qui assure ses droits, dit-il, jamais je ne rentrerai dans son palais ; et l'enfant que je porte en mon sein sera proscrit et rejeté par son père..... Voilà, seigneur, voilà le fatal secret que vous m'avez forcée de vous faire connaître..... Hildegarde prit une attitude triste et respectueuse.

Muet d'horreur, pâle, silencieux, Charles, le regard attaché sur cette figure si belle, et si perfide en même temps, ne trouvait pas en lui-même, ni de force, ni de voix pour exprimer les sensations qui l'agitaient : l'instinct de l'âme lui indiqua la trahison de cette sœur pour laquelle il venait de montrer l'excès de son attachement et de sa faiblesse. — Malheureuse, dit-il enfin, penses-tu me tromper ! oses-tu bien dans ce lieu, où tout doit te rappeler ma misère profonde, oses-tu bien demander que j'ajoute tant de lâcheté à mes infortunes ! Ah ! que cette main soit desséchée avant qu'elle signe ce traité honteux ! Fuis, malheureuse ! fuis ! le Ciel voit et connaît les replis de ton barbare cœur ! Fuis, n'attends pas que ma malédiction foudroie une sœur criminelle ! Fuis, parjure ! fuis, indigne Hildegarde ! Et ses yeux lançaient la foudre sur celle qui avait voulu surprendre sa bonne foi.

Hildegarde atterrée par cet éclair de courage, releva cependant sa tête altière : ainsi, dit-elle, vous consentez que le sang qui coule dans mes veines et dans les vôtres, soit entaché d'une éternelle honte ! vous le voulez... j'accepte le mépris de l'univers : j'accepte votre haine ; pourvu que je sois aimée d'Arnoul. Que me fait ton amitié et tes clameurs ! il règne, il règne par moi... j'ai mis mon orgueil, ma joie, mon bonheur, à parer ce front aimable de la couronne arrachée à ton débile front... faible prince, oui, je voulais légitimer son heureuse entreprise ! en était-il besoin ? Les soldats, le peuple, les grands, le reconnaissent : ton suffrage lui est inutile. Adieu, grand roi, végète obscurément, Hildegarde ne te verra plus. — Hildegarde entendra toujours ma voix appelant sur elle la malédiction du Très Haut ! Je te maudis, perfide : le Ciel joint sa voix à ma voix ! — J'accepte tout, Arnoul m'aime : il m'aime ! ô délices ! ô trop heureuse Hildegarde ! Cette furie s'éloigna.

Les chagrins amers de l'infortuné Charles

redoublèrent à cette preuve d'ingratitude; se renfermant dans sa triste chaumière, il attendait, il souhaitait la mort : la mort trop lente au gré de ses désirs. Ses vœux cependant ne tardèrent pas à être accomplis; déjà la haine avait marqué sa victime, elle allait la frapper.

Poursuivie par les remords, poursuivie par les traits de son déplorable frère, et surtout par ses regards courroucés, Hildegarde parcourait sa route silencieusement, l'air morne, et le cœur agité violemment; ses mains tremblantes laissaient flotter les rênes sur le cou de son magnifique palefroi.

Tout à coup elle s'arrête : non, dit-elle, non, je ne devais pas céder ainsi : quelle faiblesse! je devais le contraindre, oui je le devais... Insensée! cette voix, ces yeux indignés, ont fait descendre la terreur jusqu'au fond de mon âme. Était-ce bien moi était-ce Hildegarde, l'amante d'Arnoul, l'amour et l'appui des valeureux Français? quel reproche va-t-il me faire!

Une des femmes de cette indigne sœur osa prendre la parole : Madame, dit-elle en hésitant, vous connaissez la fermeté de mon époux, daignez le charger de cette noble tâche : princesse, vous pouvez croire qu'il emploiera toute son éloquence à faire réussir vos desseins. Fatiguée de la résistance qu'on lui avait opposée, Hildegarde consentit à tout. Bertram reçut l'ordre de retourner près de Charles, et d'obtenir l'abdication demandée et refusée tant de fois. La coupable amante d'Arnoul poursuivit sa route.

La nuit étendait sur la terre ses voiles sombres : le ciel chargé d'épais nuages semblait annoncer une violente tempête : les vents étaient déchaînés et tout présageait le choc prochain des élémens ; le cœur qui méditait le crime n'était-il pas ému aux approches du bouleversement de la nature? Malheureux Charles, le ciel épouvanté du parricide qu'on prépare, veut-il avertir ta prévoyance de se tenir sur ses gardes contre l'assassin qui s'avance pour consommer ta perte ! . . . .

Des torrens de pluie succédèrent au fracas des éclairs et du tonnerre : assis auprès d'un foyer dont la pâle lueur paraissait éclairer un tombeau, Charles ayant à ses pieds son chien fidèle, entendit résonner les pas de quelques chevaux : il éveille le pâtre qui dormait à peu de distance de la flamme pétillante, et lui ordonne d'aller secourir ceux qui semblent égarés. On écoute encore : bientôt on distingue une voix d'homme qui implore l'hospitalité. Le serviteur courut à la porte et l'entr'ouvrit ;

on aperçut deux guerriers tenant leurs chevaux par la bride ; Charles s'avance, et les invite à s'asseoir à son foyer : un moment ils hésitèrent : mais ils remirent à l'instant au pâtre, le soin de leurs coursiers ; ils entrèrent, et se placèrent devant l'âtre bienfaisant.

Le royal hôte jeta sur le feu une poignée de branches desséchées : à la brillante flamme qu'elles produisirent, il remarqua la pâleur répandue sur leurs traits : étrangers, dit-il, vous semblez fatigués ? bientôt une couche propice vous sera préparée : acceptez ces rafraîchissemens en attendant le moment de prendre quelques repos. Bertram répondit d'une voix sombre : vieillard, nous sommes sensibles à tes offres généreuses : nous ne voulons de toi que l'hospitalité pour cette nuit. Charles n'insista plus.

Les deux hommes étaient vivement troublés; ce roi dont ils avaient juré la perte, ce roi plus grand dans son adversité qu'il ne le fut sur le trône, plein d'une généreuse confiance, leur ouvrait sa paisible chaumière : lui-même cherchait à soulager leur souffrance ; lui-même dressait la table où bientôt ils allaient s'asseoir avec lui ; lui-même leur offrait et le pain et l'hydromel (1).

Ils refusent les mets qu'il leur présente : bien qu'ils brûlent de commettre le plus noir attentat, leur indigne conscience leur défend de partager un repas avec l'infortuné qu'ils dévouent à la mort; ils alléguèrent la fatigue, le sommeil, et d'autres excuses; ne voulant point être importun,

---

(1) Boisson alors en usage.

il leur laissa une entière liberté. Bientôt ils se couchèrent, et leur respiration annonça qu'ils dormaient d'un paisible sommeil.

Faust, le lévrier royal, depuis l'entrée des étrangers, s'était tenu constamment sous l'escabelle de son maître; un grognement sourd, un air furieux, menaçant, remplaçaient la douceur, les caresses, dont il accablait ordinairement son maître : en passant près des hôtes de Charles, il chercha à s'élancer sur eux, comme s'il voulait les dévorer.

Le malheureux prince s'endormit : mais un songe pénible le tourmentait; il se voyait entouré d'assassins qui levaient la main pour lui arracher la vie : sans défense, abandonné de l'univers, dans son rêve effrayant il appelle le seul défenseur, le seul ami qui lui reste : Faust! Faust! disait-il. Faust s'élance : Charles ouvre les yeux aux cris redoublés de l'animal; il voit deux hommes l'épée nue à la main : Amis, que me voulez-vous ? est-ce le triste reste d'une vie déplorable? prenez-la, j'y consens.—Charles de France, la vie vous sera accordée : mais il faut signer la renonciation au suprême pouvoir.... il le faut.—Jamais! jamais! eussé-je mille existences, je les sacrifierais plutôt que d'approuver l'acte qui justifierait mes oppresseurs! ce matin une femme fut refusée... cette nuit je le refuse encore. — Voici le parchemin, le poinçon ; signe. —Jamais! — Recommande ton âme à Dieu, tu n'as plus qu'un moment. — Mon Dieu, tu vois le crime, je le laisse à ta vengeance. — Tu menaces! signe, ou meurs. — Mon choix est fait : voici mon sein, voici ma tête! Il attendait : un des bourreaux saisit sa main avec violence, il s'efforce de lui faire tenir le poinçon, il conduit les doigts : peine inutile, Charles refuse obstinément; furieux,

Bertram lui arrache son poignard et le lui plonge dans le cœur. Il tombe en poussant un long gémissement.

Effrayés de leur crime, du sang qui coule avec impétuosité, les bourreaux fuient; ils vont reprendre leurs chevaux, leur course est rapide; mais quelle que soit leur vélocité, ils croient entendre à leurs oreilles ce cri : assassin ! assassin ! Ils arrivèrent au palais d'Arnoul, quelques heures après Hildegarde.

Bertram fut introduit par son épouse : Eh bien! dit la coupable princesse, a-t-il signé? — Non, madame. — Quoi! il a résisté à la force — Oui, madame. — Rien n'a pu l'intimider? — Rien. — Ainsi il triomphera sans cesse de la destinée d'Arnoul? Cet homme faible nous brave : il insulte à notre puissance? Avez-vous employé la menace? — Oui, madame. — A-t-il tremblé? — Non. — Non! qui lui donne tant de courage? — Je ne sais. — Oh! que celui qui m'apprendrait sa mort, recevrait de moi une brillante récompense! que ce jour, cet instant, serait heureux pour lui et pour moi! — Princesse... — Qu'avez-vous à me dire? — Princesse, vos vœux sont accomplis... votre triomphe est certain : il n'est plus à craindre pour votre époux... la mort a dévoré sa proie... — Je respire; ne me trompes-tu pas? — Voyez ce sang, c'est le sien. Malgré sa férocité, elle détourna la tête en disant : C'est assez.

Hildegarde courut vers l'appartement d'Arnoul : Cher prince, dit-elle en ployant le genou, permets, permets que je sois la première à te féliciter : rien ne troublera plus ton pouvoir.... tes droits sont assurés à jamais, et le peuple ne sera plus tenté de t'opposer le maître qu'il avait servi... Ton élévation a reçu le sceau de la légitimité; Charles est allé rejoindre ses aïeux... — Que dis-tu? — Charles a cessé de traîner sa misère.... il n'est plus... — Et tu l'as quitté il y a peu d'heures! serais-tu la cause de sa fin déplorable ?... — J'ai parlé... je ne m'étais point expliquée... mais de fidèles serviteurs ont entendu mes regrets : ils ont deviné quel service j'attendais de leur dévouement; tout est fini. Arnoul, cher Arnoul, règne en paix.

Femme cruelle, dit le fils de Carloman, oses-tu te vanter d'un tel crime? Voilà donc les preuves d'attachement que nous réservent nos parens! le trépas! O douce médiocrité, que tu me sembles préférable! Barbare Hildegarde, combien je me repens d'avoir accepté tes bienfaits! que tu m'es odieuse! Malheureux Charles, combien ta triste fin me déchire le cœur!... et c'est en mon nom qu'un tel forfait fût commis!

Sœur criminelle, amante déhontée, fuis, fuis; mes yeux jamais ne se fixeront sur tes traits hideux... fuis, fuis!

La malheureuse princesse, effrayée des malédictions de l'homme qu'elle adorait, les regards égarés, et tous les traits renversés, se précipita de nouveau à ses pieds, et les embrassant avec violence, elle s'écria : Toi me chasser, toi! est-ce là la récompense de mes bienfaits, du mépris dont je me suis couverte? — T'avais-je demandé cette couronne? l'ai-je souhaitée? l'ai-je voulue ensanglantée? non, mais toi, femme indigne, tu voulus réunir l'amour et l'ambition... tu me choisis... et, faible, entraîné par ma jeunesse, par de fausses illusions, je partageai ton crime! Eh! qui ne croira que je sois parricide? suis-je innocent, j'en recueille le fruit?.. Hildegarde, jamais ma main ne s'unira à la main qui se baigna dans le sang d'un frère... jamais! quant à l'enfant que tu portes dans ton sein, je lui assurerai le même sort qu'aux fils de rois, issus d'une union légitime... Hildegarde, nous ne nous verrons plus... un ruisseau de sang nous sépare... adieu. Arnoul sortit, et la coupable sœur de Charles ne le revit plus.

Le nouvel empereur envoya des officiers de sa maison pour rendre les derniers honneurs au malheureux Charles; ils arrivèrent à la chaumière qu'il avait habitée: un cercueil couvert d'un drap grossier était au milieu de la chambre, à côté se voyait un jeune pâtre, plus loin un évêque déjà avancé en âge; au pied du simple sarcophage se trouvait un lévrier, dont la maigreur et la tristesse annonçaient qu'il ne survivrait point à la perte de son maître.

Un des officiers d'Arnoul déposa sur ce drap lugubre une couronne royale; surpris de cette action, Luitpert se leva, et remettant le riche joyau à ce seigneur, il dit : Ce ne sont point les vains ornemens de la puissance qu'il faut à celui que nous pleurons, ce sont des prières, ce sont des larmes ! Guerriers, imitez-nous ; priez et pleurez. Emus de l'onction des paroles du saint personnage, ils s'agenouillèrent.

On transporta le corps dans un monastère (1) ; une simple pierre couvrit la dépouille mortelle d'un des plus puissans monarques de la terre ; le prélat y fit graver cette déplorable aventure. Il ajouta ces mots sur la pierre sépulcrale : *Chrétien, détourne tes pas, prie ; tu foules la cendre d'un roi.* Lorsqu'on descendit le corps dans sa dernière demeure, Faust poussa un hur-

---

(1) Au monastère de Richenouë, situé dans une île du lac de Constance. *Mézeray.*

lement plaintif et se précipita dans la fosse; on voulut le retirer, il était mort de regrets et de faim.

Hildegarde, la coupable Hildegarde perdit la raison; après avoir donné le jour à un fils qui vécut quelques heures, elle revint à la vie, mais ses facultés intellectuelles restèrent dans le même état. Ecoutez, disait-elle, écoutez, j'entends la voix d'Arnoul...! il revient, je l'entends...! il vient poser sur ma tête la couronne impériale.... il vient.... Ah! qu'il était beau le jour où je la posai sur son front...! Je le vois encore, il était à mes pieds, sa main pressait ma main sur son cœur palpitant.... cher Arnoul, comme il battait...! de quels tendres embrassemens je fus enivrée!... ô doux momens! ô doux et cher ressouvenir!

Tout à coup elle s'écriait: Grand Dieu!

cette couronne est ensanglantée...! Que m'a-t-on dit? C'est le sang de Charles, de mon frère.... Je l'ai ordonné, assurent-ils. Ne m'ont-ils pas appelée *fratricide! fratricide!* Arnoul, viens me venger.... Arnoul, défends-leur de me donner ce nom odieux... Mais je l'ai mérité! Je vois la main de l'Éternel le tracer autour de moi en traits sanglans... Je le vois... où fuirai-je? Sera-ce aux pieds des autels? ils rejetteront la coupable.... Prions, prions.... élevons nos vœux vers le Créateur! Que vois-je! Dieu puissant, efface-le.... efface-le.... il est gravé dans la voûte céleste, sur la terre.... partout il résonne à mon oreille épouvantée.... ma bouche le prononce et le répète malgré moi.... *fratricide! fratricide!* Hildegarde expire; mais ses lèvres murmurent encore ce mot affreux.

FIN DE CHARLES III.

RÉGINE

DE ROCHE-BRUNE.

CHRONIQUE DU XIIe SIÈCLE.

Non, sire de Roche-Brune, non, je n'épouserai jamais le neveu de votre épouse; jamais : j'en atteste la mère du Sauveur. Je préférerais m'ensevelir dans un cloître à l'horreur d'être sa femme. Il est maussade, exigeant, ne possède aucune des vertus qui pourraient me séduire; je ne l'aime point.... J'avoue qu'il est adroit dans la science des armes; mais il croit que sa fortune, le nom de ses aïeux doivent suppléer à l'amabilité. Et pourquoi exige-t-il ma main avec cette obstination? pourquoi? ne l'ai-je pas refusé vingt fois? Non, je dois me trouver honorée de sa noble condescendance! de plus, c'est un crime, une faute irrémissible que d'oser résister à sa volonté! Moi aussi, je suis d'illustre naissance; moi aussi, je suis riche. Non, sire de Roche-Brune, je n'épouserai point votre neveu Bérenger. Ainsi s'exprimait la jeune Régine.

Vous oubliez, en tenant cet insolent discours, reprit le suzerain, que je suis votre frère et votre tuteur; que la volonté suprême d'un père m'a donné tout pouvoir sur vous; que je puis disposer de vos richesses et de votre main; qu'en un mot, j'ai sur vous des droits paternels par mon âge, par mon amitié, et surtout par un ordre que nous devons respecter tous deux; par un ordre qui vous fut donné par sa voix mourante. Régine, avez-vous oublié la promesse que vous avez faite en recevant sa dernière bénédiction ? — Je m'en souviens, seigneur.

Oui, je lui ai promis de m'en remettre à vous du soin de ma fortune, et à vôtre épouse de celui de mon éducation, négligée jusqu'à présent; mais j'obtins de mon père la liberté de disposer de ma main et de ma foi : il connut mes sentimens secrets.... — Que voulez-vous dire, Régine ? — Le temps développera ce mystère; ce n'est pas nécessaire aujourd'hui. Seigneur de Roche-Brune, n'insistez plus sur l'hymen que vous m'avez proposé; jamais il ne s'accomplira; vous me trouverez toujours inflexible sur ce point; ni menaces, ni terreurs, ni douces insinuations, ni séductions, telles qu'elles soient, ne changeront la détermination que j'ai prise. Je vous abandonne en partie les revenus de mes immenses richesses; que voulez-vous de plus? Régine salua son frère et se disposait à s'éloigner quand la porte s'ouvrit; Eltrude, sa belle-sœur, entra : à sa suite marchait un jeune homme vêtu d'une robe longue, habillement alors en usage pour ceux qui se destinaient à l'église, ou qui étudiaient les sciences théologiques.

Il était pâle, et salua profondément le seigneur châtelain, plus profondément encore la belle Régine; peut-être était-ce par respect pour son sexe, ou peut-être était-ce pour cacher une légère rougeur qui colora ses joues lorsqu'il aperçut la sœur de son maître.

Sire, dit Eltrude en souriant, et lui montrant un parchemin, vous qui aimez Olivier et qui l'honorez de votre protection, je puis vous assurer qu'il la mérite; vos bienfaits ont été répandus sur un sol fécond, déjà son âme s'élève; son génie, aidé par de sévères études, par une activité soutenue, commence à se développer; s'il peut éloigner de lui cette timidité, toujours nuisible aux talens, un jour il doit égaler les saint Bernard, les Cluny, les Pierre, enfin tous les hommes vénérables qui ont illustré l'Église.

Olivier rougissait et baissait les yeux vers la terre. Seigneur, ajouta-t-elle, je vous dois un aveu, et vous demande pardon pour une faute que j'ai commise, faute très grave, car enfin je tremble d'avoir éveillé dans le cœur de ce jeune homme des idées, des sensations qu'il devait ignorer. — Expliquez-vous, madame.— Je lui ai fait lire le joli roman de la Rose, les fabliaux de nos trouvères, voire même les aimables chansons du comte de Champagne : je tremble que ces exemples n'aient échauffé son imagination. Écoutez, sire. La châtelaine invoque l'attention, et lit à haute voix :

« Cruel Amour, méchant enfant, pour-
» quoi chercher à troubler ma raison ? et
» que te servira-t-il de me prendre pour ta
» victime ? Dis, méchant, pourquoi m'as-
» tu fait voir l'objet aimable qui séduisit et
» mon cœur et mes sens ? voulus regarder
» si touchante beauté, le trait fatal a dé-
» chiré mon sein ! Je l'ai vue... Las, faut
» l'aimer, et faut mourir !

» Beaux oiselets qui habitez riant bo-
» cage, combien de fois avez entendu sa
» douce voix ! vous vous taisiez et n'osiez
» point mêler votre gai ramage à ses har-
» monieux accords ! Beaux oiselets, vous
» ne pouviez que répéter ces mots : Las,
» faut l'aimer, et faut mourir !

» Bouton de rose est sa bouche jolie ; lis
» éclatant repose sur son teint : ormeau
» flexible est sa taille élégante, et filets d'or

» ornent son noble front; perles d'Orient
» se voient quand ses lèvres s'entr'ouvrent...
» Dirai-je encore d'autres beautés? mais, trem-
» blant, je n'ose.... Amour, cache bien mon
» secret..! Las, faut l'aimer, et faut mourir !

» Ne peux l'entendre sans que frémisse-
» ment doux et poignant parcoure tout
» mon être; ne peux la voir sans que trem-
» blement universel glace mon sang et le
» reporte vers mon cœur...; alors ne trouve
» plus de voix pour peindre ce que je sens...;
» je m'arrête éperdu.... Cruel Amour! las,
» faut l'aimer, et faut mourir!

» Heureuses et sévères études qui autre-
» fois charmiez mes loisirs, qu'êtes-vous
» devenues? d'où vient me semblez-vous
» fatigantes, insipides? d'où vient aimé-
» je tant douloureuses rêveries? d'où vient
» ce désir de gloire, de renommée, qui m'a-
» nimait jadis, s'est-il évanoui? d'où vient

» répété-je sans cesse : Las! faut l'aimer, » et faut mourir ?

» N'ai point à lui offrir magnifiques châ- » tels, ni richesses, ni beaux domaines; suis » pauvre, hélas! n'ai point noblesse ni re- » nom de chevalier; elle possède tout; n'ai » donc à mettre à ses genoux qu'ardent » amour, qu'âme brûlante, que ten- » dresse éternelle. Infortuné! que sont ar- » dent amour, éternelle tendresse, âme » brûlante auprès de magnifiques châtels, » beaux domaines et renom de chevalier! » Infortuné! las, faut l'aimer, et faut mou- » rir! »

Eltrude sourit, et lui rendit le lai touchant; s'adressant à son époux, elle ajouta: Avouez, monseigneur, que celle qui inspire de si aimables chants doit ressentir un mouvement d'orgueil. Votre mie est donc bien jolie, tendre Olivier? — Madame, ces chants ne sont que d'imagination ; me siérait-il à moi, destiné à l'église, moi qui apprends la science des clercs, d'oser ressentir de l'amour? Olivier avait prononcé ces paroles d'une voix faible et tremblante. La comtesse prit un recueil de fabliaux et lui dit d'en faire la lecture. Régine s'assit près de sa belle-sœur, et le sire de Roche-Brune sortit de la chambre.

Pendant la lecture des tendres plaintes d'Olivier, la belle fille avait eu quelque peine à cacher son émotion : elle n'ignorait pas à qui elles étaient adressées : bien qu'avant ce moment elle ne les eût point entendues, déjà elle aurait pu les redire, tant son cœur et sa mémoire en avaient été attendris, et tant elle avait eu de plaisir et de facilité à les retenir.

Le père du sire de Roche-Brune s'était marié une seconde fois dans un âge très avancé : de ce mariage naquit Régine. Mais de faux rapports, mais des soupçons calomnieux sur la conduite de sa mère, firent exclure cette enfant du château paternel, le jour même où elle reçut la naissance : elle fut confiée aux soins d'une nourrice, et resta dans l'ignorance de sa famille jusqu'à l'âge de seize ans.

La nouvelle épouse du vieux sire de Roche-Brune possédait de grandes richesses : longtemps elle méprisa l'hymen ; mais enfin la raison, le désir de souscrire aux vœux de son père vénérable, lui firent accepter la main de ce seigneur, ami de ses parens depuis de longues années. Bertha n'avait pas connu l'amour, et ne cherchait point à ressentir son pouvoir ni ses faiblesses : elle prit pour époux un homme qui touchait à l'hiver de son âge, et crut, par cette mesure, avoir assuré sa tranquillité : elle se trompait : le sort se lassait de lui être propice.

Bien qu'elle ne fût pas remarquable par sa beauté, le comte ne put s'empêcher de devenir jaloux : elle était plus jeune que lui, elle était gaie, sincère, et ne cachant jamais aucun des sentimens qui l'agitaient ; elle croyait que la franchise était la base de toutes les vertus des femmes. Une âme qui craint de se montrer tout entière, disait-elle, recèle sans doute des mouvemens qu'elle tremblerait de dévoiler aux yeux du monde ; qui fait bien ne doit point redouter les regards des humains. Tels étaient les discours de Bertha.

Plusieurs années se passèrent sans qu'elle pût espérer de devenir mère : déjà même elle y renonçait, en se soumettant aux volontés du ciel, quand elle acquit la certitude que le Tout-Puissant lui accordait la grâce qu'elle et son époux sollicitaient depuis si long-temps.

Sa joie fut sans égale, elle s'empressa d'en faire part au comte : mais, toujours soupçonneux, il ne reçut point cette nouvelle avec l'enthousiasme qu'elle éprouvait; elle lui en fit des reproches, il s'emporta, et la paix fut bannie d'un séjour jusqu'à cet instant heureux et tranquille.

Le sire de Roche-Brune n'était pas tout-à-fait injuste : depuis quelques mois un secret ennemi cherchait à troubler son repos, en lui faisant parvenir de perfides avis : on lui assurait qu'avant de l'épouser, elle avait aimé un vaillant chevalier : il lui avait offert sa main, mais un caprice de sa part, ou peut-être un nouvel amour, lui avait fait rejeter l'hymen d'un guerrier illustre, et dont elle était adorée; on ajoutait que ce même guerrier se trouvait dans les lieux qu'elle habitait; que bien plus, ils s'étaient revus. Ce billet, sans signature, porta au plus haut degré la colère du sire de Roche-Brune : sans interroger Bertha, sans lui dire ses sujets de plainte, il la renferma dans son appartement, ne lui laissant qu'une de ses femmes pour la servir.

Indignée d'une telle conduite, elle écrivit plusieurs fois à celui qui l'offensait, et n'en reçut aucune réponse. Que pouvait-elle faire? elle se trouvait seule sur la terre; ses parens n'étaient plus : à qui confier son malheur? à qui confier l'enfant qu'elle portait dans son sein? Ensevelie dans de tristes pensées, elle laissait couler les heures sans arrêter aucun parti. Enfin le moment fatal arriva : on avertit le sire de Roche-Brune; il vint, et la fille de Bertha fut remise à une nourrice, comme celle d'un des vassaux du comte.

Tout ce que put obtenir cette infortunée mère, fut de donner un nom à son enfant : Elle l'appela Régine, ce nom avait été celui de la sienne; elle embrassa cent et cent fois cet être innocent, le couvrit de ses larmes et le remit à cet injuste père : Régine fut emmenée sur-le-champ du toit de ses aïeux.

L'intrigue qui avait séparé ces deux époux, avait été ourdie par le fils unique du comte : long-temps il espéra réunir sur sa tête l'héritage de son père et celui de sa belle-mère; Bertha ayant fait à sa nouvelle famille une donation pleine et entière de tous ses biens après sa mort. Sa grossesse anéantit toutes les illusions de l'héritier : il devint furieux, et, de concert avec un ami aussi lâche que lui, il écrivit la lettre qui détruisit leur repos et leur bonheur. Le faible Roche-Brune ne voulut pas écouter la triste Bertha : en se mariant, elle lui avait confié qu'un chevalier avait recherché sa main, qu'elle l'avait dédaigné. Depuis il lui reprocha cette franchise : il la condamna sans l'entendre, et lui arracha son enfant, sa fille chérie, dont la présence lui aurait aidé à supporter une aussi cruelle injustice. Aussitôt que la comtesse fut rétablie, elle demanda à se retirer dans un couvent : son époux y consentit, et Bertha se voua au Seigneur.

Quinze ans s'étaient écoulés depuis cette séparation : Bertha, résignée à son sort, avait cru devoir laisser au temps, le soin de soulever le voile d'iniquité jeté sur sa réputation ; elle attendit vainement : ceux qui l'avaient calomniée avaient trop d'intérêt à ne point laisser éclater son innocence pour qu'elle pût obtenir justice et réparation de son époux.

La mort, qui ne respecte rien, allait bientôt la frapper : une maladie de langueur vint altérer les sources de sa vie : en vain elle voulut surmonter le mal dont elle était accablée, en vain elle appelle la raison à son secours ; son heure est marquée, il ne lui reste plus qu'à demander au ciel le bonheur suprême d'embrasser sa fille à ses derniers momens.

On fait partir un messager pour le château de Roche-Brune : il est porteur d'une lettre de l'abbesse, qui invite ce seigneur à venir près de son épouse mourante ; un reste de pitié, ou plutôt la crainte de déplaire à la sainte femme qui le mande, le déterminent à partir sur-le-champ pour le monastère : il arrive ; on le conduit près du lit où gisait Bertha.

Le comte recule d'épouvante et d'émotion à la vue des ravages que le temps a imprimés sur ses traits : Seigneur, dit son épouse en souriant faiblement, je ne suis plus la vive, l'insouciante, et peut-être la jolie Bertha : je ne suis plus qu'un être décharné, qu'un cadavre que la tombe réclame ; déjà le trépas s'avance, déjà il a dévoré la moitié de sa proie! mais mon cœur, ma tête et ma raison, conservent toute leur force.... écoutez-moi.... sans colère... et surtout avec attention... je parle devant Dieu... je parle comme si je me trouvais devant son auguste tribunal... la vérité seule va sortir de mes lèvres... vous devez me croire... je vais mourir! écoutez-moi. Elle indiqua le ciel de sa main tremblante ; son époux se recueillit, et lui prêta toute son attention ; Bertha commença ainsi :

Long-temps j'espérai, seigneur, que vous vous lasseriez des rigueurs que vous exerciez sur moi : long-temps je pensai que vous daigneriez me dire la cause de tant de sévérité; je me trompai : quinze ans se sont écoulés... et mes yeux n'ont pas vu mon enfant... et mes lèvres n'ont pas embrassé ma fille!.. ô rigueur, ô cruauté sans exemple! mais répondez, seigneur, répondez, quel était donc mon crime? — Hugues d'Hérival ne fut-il pas aimé de vous, madame? depuis votre mariage vous ne l'avez pas revu? — Jamais, jamais .. je rejetai sa main, autrefois je vous l'ai dit. — Cet enfant ne fut pas le fruit de vos amours?.. — O honte! ô pensée injurieuse! Ainsi quand je priais le ciel de changer votre cœur, quand je le suppliais de jeter dans votre âme quelques sentimens paternels pour un être innocent, je priais pour son bourreau! pour le mien... pour celui qui me déshonorait par ses affreuses pensées!.. Il me nommait adultère! non, cet affront ne peut se pardonner... Et de grosses larmes coulaient sur ce visage déjà couvert des ombres du trépas.

La vérité a un langage si persuasif, que cet homme, qui depuis quinze ans refusait toute explication sur un sujet si délicat et si douloureux, cet homme se sentit ému et touché : Eh bien, dit-il, si je fus injuste, comment faire pour réparer cette iniquité? donnez-moi donc des preuves irrécusables; que je puisse croire que cet enfant m'appartient. — Je n'ai pas d'autres preuves à vous donner que le tombeau où je vais descendre, que l'instant solennel où mon âme va paraître devant Dieu ! Mais vous, seigneur, sur quoi fondâtes-vous cette odieuse accusation ?

Le voici, Bertha. Et le sire de Roche-Brune lui montra les lettres sans signature, qui lui dénonçaient son épouse : elle se souleva et les parcourut : O Dieu ! s'écria-t-elle, un honnête homme devait-il ajouter créance à cette bassesse ? quel est le lâche qui n'ose pas mettre son nom à la noirceur qu'il commet ? Mais, seigneur, permettez une question : aucun des vôtres n'avait-il intérêt à me chasser du toit de mon époux ? aucun d'eux n'avait-il à craindre la perte ou la diminution de sa fortune ? — Je connais mon fils, madame ; il est incapable d'une telle lâcheté ? Vous rejetâtes la main de Hugues ; son orgueil fut blessé, et sans doute il promit de se venger ; il l'a fait. Que puis-je à présent pour réparer les maux que vous avez soufferts ? — Me faire embrasser ma fille ! me faire voir ma Régine ! Vit-elle encore ? — Elle vit, Bertha. — Par pitié, comte, ne perdez pas un instant... donnez l'ordre qu'elle soit amenée promptement... je le sens, mon âme s'arrêtera pour goûter cet indicible bonheur... cette dernière joie... Seigneur, je pardonne et j'oublie tout.

Le sire de Roche-Brune, malgré son grand âge, voulut lui-même accomplir cet acte d'une tardive justice : montant son coursier et suivi d'un écuyer, il se rendit en toute hâte chez celle à qui il confia sa fille : bien qu'il eût fait prendre quelquefois des renseignemens sur cette enfant, jamais ses yeux ne l'avaient entrevue.

Josephe, dit le comte en entrant, je viens vous redemander la jeune fille que je vous fis remettre il y a environ quinze années. — Quoi! monseigneur, vous allez m'enlever ma Régine, mon enfant chéri, ma bien-aimée ! — Il le faut, je vais la rendre à sa famille; appelez-la. Josephe, les yeux baignés de larmes, obéit avec répugnance à l'ordre qu'on venait de lui donner.

A la voix de celle qui lui tenait lieu de mère, une jeune et belle fille accourut; sa longue chevelure s'était probablement détachée dans sa course, car elle couvrait son col et ses épaules : un excès de gaieté semblait l'animer. Elle se précipita dans la chaumière en riant aux éclats : un jeune homme la suivait et paraissait vouloir l'arrêter; elle, légère comme une biche, semblait se moquer et braver ses efforts. Régine, lorsqu'elle aperçut un étranger, rougit et baissa les yeux, et la timidité remplaça aussitôt l'aimable abandon répandu sur toute sa personne. Elle salua et fut se réfugier près de Josephe.

Mon enfant, nous allons nous séparer, dit Josephe ne pouvant cacher son émotion et ses pleurs : oui, mon enfant, monseigneur vient te reprendre; c'est lui qui te confia à mes soins... — Oui, Régine, je vais vous conduire près d'une mère mourante... ; mon enfant, Josephe n'est pas celle qui vous a donné la vie. — Je ne connais point d'autre mère.... Seigneur, celle qui m'abandonna depuis ma naissance mérite-t-elle ce nom? — Ne l'accusez pas, jeune fille. — Monseigneur, je vous le demande, pourrai-je l'aimer? je ne la connais pas. Le comte demeure interdit à cette question si naïve, et sentit qu'il avait détaché le cœur de sa fille de ceux qu'elle aurait dû aimer et respecter.

Malgré la simplicité de ses vêtemens, Régine avait un air de dignité et de noblesse qui en imposait; son père en fut touché, et l'orgueil de la naissance lui persuada facilement que le sang qui coulait dans les veines de son enfant lui inspirait cette noble fierté; d'ailleurs, elle était si belle! Combien il regrette son détestable entêtement! qu'il eût été heureux.... et de combien de plaisirs a-t-il privé sa vieillesse! Ne pouvant résister au sentiment qui l'agite, il tend les bras à l'aimable fille, et dit d'une voix émue : O viens, chère Régine, viens sur le cœur de ton père!

Interdite, elle hésite; mais la nature triomphe; elle tombe à genoux : Mon père, s'écrie-t-elle, ah! seigneur, pardonnez à mon étonnement! moi, je serais votre fille! moi, élevée dans une chaumière! moi, fille ignorante, et qui ne connais point les devoirs du haut rang où votre bonté m'appelle! Ah! mon père, laissez-moi dans ces lieux, ne vous exposez pas à rougir de moi.... ne puis-je vous aimer et vous respecter loin de votre châtel?.... dans cette paisible chaumière, je suis heureuse et tranquille.... — Mon enfant, ma Régine, votre mère est mourante, elle vous attend pour vous bénir.... — Ma mère est mourante ! seigneur, partons, partons à l'instant même. Adieu, Josephe ; adieu, ma bonne mère... ; adieu, Olivier ; adieu, mon frère... Et la tendre fille s'éloignait à grands pas. On lui amène un coursier, elle y monte légèrement : le sire de Roche-Brune et sa suite se remirent en route pour le couvent.

Les murs du couvent la firent tressaillir : ici vécut ma mère, pensa-t-elle ; ici elle va mourir ! et je ne la connais point, et jamais son regard ne s'est fixé sur moi ! jamais mon oreille n'a retenu le son de sa voix, et jamais mon cœur n'a entendu le doux nom de « Ma fille ! » je vais la voir... à l'instant où elle expire...! ô sort ! ô destinée fatale....! ma mère, je vais vous connaître et vous pleurer en même temps.... Les chevaux s'arrêtèrent : une main fit retentir le lourd marteau sur la porte principale ; les sons se prolongèrent sous les voûtes antiques ; des pas se firent entendre, on ouvrit ; le comte et sa fille furent introduits dans le monastère.

Ces longs et obscurs corridors, ce silence, ces femmes vêtues d'un vêtement lugubre, et traversant d'un pas égal et mesuré ces cloîtres effrayans, tous ces objets glacèrent l'âme de la jeune Régine ; de Régine qui, jusqu'à ce moment, vive, légère, insouciante, n'avait suivi d'autre guide, d'autre volonté que l'instinct de son cœur. Déjà elle sent le poids de la richesse, déjà elle obéit, elle qui voyait tous ceux qui l'entouraient penser, agir d'après l'impulsion qu'elle se plaisait à leur donner.

Mais ils entrent ; ô spectacle douloureux et qui ne s'effacera plus de sa mémoire ! sur une misérable couche est étendue une religieuse, belle encore ; au bruit qu'elle entend, elle se relève, et dit d'une voix faible :

Sont-ils là ? bonté divine, qu'ils ne tardent point ! je le sens, je n'ai plus que peu de momens à vivre... ! je le sens. Mais je les vois... ; oui, ce sont eux ! ô mon Dieu, je te remercie ! Et la mourante ouvrait ses bras défaillans. Régine, attendrie, se jette à genoux auprès de son lit, et ses larmes se mêlèrent aux larmes de sa mère.

C'est ma Régine, dit Bertha ; oui, mon cœur me l'annonce ; il semble retrouver une nouvelle force, une nouvelle vigueur ! Mon enfant bien-aimé ! que j'ai souffert loin de toi ! Mais que tu es belle ! que tes yeux sont doux ! regarde-moi.... regarde ton heureuse mère ! que j'emporte ce regard dans le ciel.... il adoucira le cruel passage de la vie à la mort.... O ma Régine, je te bénis ! D'où vient ta voix m'est-elle inconnue... ? parle, parle.... — Ma tendre mère, que cet instant m'est doux ! hélas ! pourquoi a-t-il tant tardé? ma mère, pourquoi n'ai-je pas été plus tôt pressée dans vos bras caressans? mais que faisait votre Régine? elle vous ignorait... Oh! ne croyez pas que ces richesses dont mon père est entouré séduisent mon cœur...; vivez, je vous en conjure, je ne demande au ciel d'autre faveur que celle de vous servir et de vous consacrer ma vie! Et Régine baignait de ses larmes les mains défaillantes de la comtesse.

Ce souhait vient trop tard, fille chérie... la mort vient; elle est là... regarde, ne la vois-tu pas? Ce moment me console et me paie de seize années de souffrance! quoi! tu m'aurais aimée? hélas! viens, viens, ma Régine, viens recueillir et mon âme et mon dernier soupir! Sire de Roche-Brune, si les regrets peuvent trouver accès dans votre cœur, promettez-moi, jurez-moi, que vous ne contraindrez point les affections de votre fille : élevée loin du monde, elle prise peu la fortune, les honneurs, la noblesse du rang.... ne la contraignez pas... qu'elle soit libre dans le choix d'un époux... — Je le promets et l'atteste au Dieu qui nous entend, et qui punit le parjure. — Je vous remercie, seigneur. Mais voici un écrit qui lui assure ma fortune : je la rends maîtresse de tous mes biens : ne lui dois-je pas ce dédommagement ?.. — Ma mère, s'écrie Régine, vivez, vivez... que me font vos biens, vos richesses !.. ah ! vivez, vivez.

Calme-toi... je te remets entre les mains d'un père... embellis ses derniers jours... console sa vieillesse... aime-le... il est seul... les regrets, les remords l'assailleront peut-être... que tes soins les effacent de sa pensée... qu'il oublie mes malheurs... qu'il oublie son injustice envers moi... que l'amitié que tu me dois soit reportée sur lui...

ma fille puisses-tu vivre loin des grandeurs !. puisses-tu dérober ta vie aux mortels !.. O mon Dieu ! tu le sais, depuis long-temps j'ai pardonné à l'auteur de ma misère... à celui qui m'a calomniée auprès de mon époux.... O Dieu ! reçois mon âme dans ton sein... Ma fille, embrasse-moi... je te bénis... je te bénis... Ses yeux se fermèrent : Bertha, le sourire maternel sur les lèvres, expira sans douleur.

Les regrets de Régine furent vifs : après avoir arrosé de larmes le corps glacé d'une mère qu'elle connaissait et perdait au même moment, Régine suivit le comte dans le dessein d'obéir aux ordres et aux désirs de celle qui lui avait donné la vie : résolue de remplir les devoirs d'une fille soumise, elle jura, sur les cendres inanimées de Bertha, de se consacrer entièrement à soigner la vieillesse de son père. Lorsqu'on eut déposé les dépouilles de son épouse dans leur dernière demeure, le sire de Roche-Brune retourna au château de ses aïeux.

Plus il avait été privé long-temps de sa fille, plus sa tendresse devint extrême pour elle : chaque jour il se plaisait à lui en donner de nouvelles marques, chaque jour il voyait se développer son aimable caractère, et bientôt son amour pour elle ne connut plus de bornes.

Mais les devoirs imposés à la haute noblesse, et au rang que le sire de Roche-Brune occupait, fatiguèrent bientôt la jeune Régine ; habituée dès son enfance à ne suivre que ses volontés et ses caprices, la dépendance où elle était réduite, la plongea dans une sombre et profonde mélancolie.

Bien que le fils du comte mît tout en usage pour gagner la confiance et l'amitié de Régine, un secret mouvement l'éloignait de lui : en vain elle combattait le sentiment pénible qu'elle éprouvait; la nature, plus forte que sa raison, lui indiquait celui qu'elle devait craindre et fuir.

Régine n'était heureuse qu'auprès de sa bonne Josephe et du jeune Olivier : aussitôt qu'il lui était possible d'échapper aux nombreux surveillans dont elle était environnée, elle volait à la chaumière ; aussi quand ses femmes s'apercevaient de sa fuite, elles se hâtaient de courir à l'habitation de l'ancienne nourrice : on cherchait la jeune fille, et la jeune fille était assise sous son arbre favori : là, elle enseignait à Olivier les sciences qu'on lui enseignait ; ces sciences étaient la lecture et l'écriture : aussi le désir d'instruire son élève chéri, lui faisait-il faire des progrès étonnans. ...

Les femmes à qui elle était confiée, crurent devoir faire connaître au comte les occupations de sa fille adorée : le sire de Roche-Brune sourit, et donna l'ordre d'installer au château le fils de sa vassale : il ordonna de plus qu'on gardât le secret sur le plaisir qu'il ménageait à la charmante Régine : on obéit, et l'héritière de Bertha eut l'agréable surprise de trouver dans la salle d'étude le bel Olivier, assis aux côtés du docte Eusèbe, chapelain du comte.

Certes, un père de famille est blâmable quand il place auprès de sa fille un jeune homme doué de la beauté de l'âme, et qui joint, à ce don précieux, tous les avantages extérieurs. Le sire de Roche-Brune, gouverné par l'orgueil, s'apercevait-il des agrémens de ceux qui étaient soumis à son pouvoir ? Son regard daignait-il s'abaisser sur cette foule de vassaux inutiles ? Peu versé dans la science de juger les cœurs, il pensait que, sans naissance, sans noblesse, les hommes ne valaient pas la peine de fixer l'attention des êtres supérieurs ; et ce n'étaient que les hauts et puissans châtelains que le comte nommait ainsi. Sa fille ne pouvait donc, à ses yeux, avoir d'autres pensées que celles que lui permettait son illustre naissance. L'insensé ! l'amour connaît-il les grandeurs ? en fait-il le moindre cas ? il les méprise.

Le bonheur de se voir à tous les momens du jour, la certitude de n'être point frère et sœur, et, plus que tout cela, le besoin d'aimer, les rapprocha. Long-temps ils s'aimèrent sans oser se le dire ; long-temps Olivier renferma dans son sein la flamme dont il était dévoré : il craignait de trahir les devoirs de l'hospitalité ; il craignait de faire naître l'amour dans un cœur innocent ; il craignait de troubler le repos de Régine.... Mais l'amour se joua de ses sages résolutions : un sourire, un mot de cette fille adorée lui apprirent qu'elle partageait ses sentimens. Depuis, ils mirent toute leur adresse à dérober à tous les yeux leur douce intelligence.

Régine était heureuse : adorée de son père, aimée, respectée par les vassaux de ses riches domaines ; plus heureuse encore du tendre sentiment qu'elle avait inspiré, et qu'elle partageait. Le mystère qui couvrait ce tendre attachement, les promesses que son amant lui avait faites, cette confiance du jeune âge, cette sincérité, compagne des âmes vertueuses, tout contribuait à embellir les jours de la fille de Bertha. Mais les humains doivent-ils, peuvent-ils compter sur la stabilité du sort !

Le vieux sire de Roche-Brune depuis quelques jours était indisposé; mais sa maladie ne présentait aucun symptôme alarmant. Après être restée avec lui jusque fort avant dans la nuit, sa fille se retirait chez elle, pour prendre quelques heures de repos : un des gens du château la remplaçait auprès de son père; et, rassurée sur les soins de celui auquel il était confié, elle s'endormait avec sécurité.

Le jour paraissait à peine, quand l'écuyer du comte entra dans sa chambre. Madame, dit-il, monseigneur vous mande; il désire vous voir sur-le-champ... — Vous semblez effrayé, brave Marcel : mon père serait-il en danger? — Venez, madame, venez; mais ne tardez pas. Il sortit précipitamment. Régine se leva, et courut aussitôt à l'appartement du seigneur châtelain.

Son fils, et la plupart de ses vassaux

entouraient le lit mortuaire. Le chapelain, revêtu de ses habits sacerdotaux, récitait des prières : un autel était dressé, et tout annonçait une cérémonie religieuse. La jeune fille, tremblante, et les yeux inondés de larmes, se jeta à genoux, et baisa, à plusieurs reprises, les mains paternelles. Le comte fit un mouvement, et dit : C'est toi, ma Régine ! c'est toi, ma fille !

Après avoir rempli les devoirs du chrétien, le sire de Roche-Brune ordonne qu'on le laisse seul avec ses enfans. On obéit, alors il dit : Mon cher Siméon, vous qui allez hériter de mon nom et du titre de vos aïeux, je vous recommande ma Régine ; cette fille envers laquelle j'eus des torts graves et irréparables.... Veillez sur ses biens.... ayez pour elle toute l'amitié fraternelle dont votre cœur est susceptible.... Vous, sage Eltrude, soyez pour elle une amie ;

une sœur.... Surtout, Siméon de Roche-Brune, promettez-moi, et jurez à votre père, à votre Seigneur, de ne point forcer Régine à des nœuds que son cœur réprouverait.... Vous, ma fille, promettez-moi d'aimer et de respecter votre frère.... — Mon père, répondit-elle, je le promets. — Eh bien, Siméon, faites donc le serment que j'exige.... Je ne veux point qu'elle soit contrainte à donner sa main sans son cœur.... — Sire, Régine est jeune, sans expérience... si un choix peu honorable était la suite de cet excès d'indulgence.... — Siméon, votre père mourant ordonne, obéissez.... Mécontent, le nouveau suzerain s'avançait vers la couche paternelle, quand un faible cri s'échappa des lèvres du malade : on s'empresse, on le soulève ; il jette un regard éteint sur sa fille, ferme les yeux, et s'endort du sommeil éternel !

Long-temps les regrets de la jeune Régine furent douloureux ; mais les attentions de la nouvelle comtesse, mais l'amour d'Olivier, en calmèrent peu à peu l'amertume. Elle partagea les occupations de sa belle-sœur ; elle apprit à chanter, à jouer du théorbe ; on lui enseigna la science utile de panser, et de soigner les blessures des chevaliers ; l'art de préparer des boissons salutaires et les baumes qui servaient alors pour fermer les cicatrices reçues dans les tournois et sur le champ de bataille. Cet heureux temps n'est plus ; nos dames, plus sensibles, détournent, en tremblant, leurs jolis yeux de ces objets douloureux : les guerriers reçoivent à présent les secours des hommes généreux qui se dévouent au bien-être de l'humanité souffrante.

Quelques mois s'étaient écoulés depuis

la mort du vieux comte, quand le jeune Bérenger de Surgy, revenant de la Terre-Sainte, arriva inopinément au château : neveu d'Eltrude, il en était aimé tendrement. Lors de son départ de la France pour la croisade, après le mariage de sa tante, on avait confié la tutelle de ses biens à Siméon de Roche-Brune.

La surprise du comte fut sans égale. Plusieurs chevaliers lui avaient assuré que Bérenger était tombé aux mains des Sarrasins : quelques-uns annoncèrent sa mort. Son silence pendant quatre années, confirmait la version de ses compagnons d'armes.

L'infidèle tuteur avait dissipé, non-seulement les revenus de son pupille, mais il avait vendu et aliéné une partie de ses domaines. Son arrivée le plongea dans la consternation : comment remplir l'affreux abîme où son goût pour la magnificence l'avait plongé ?

Quelques momens il conserva une lueur d'espérance : le jeune homme était souffrant, épuisé par les fatigues ; mais les châtelaines s'empressèrent de lui prodiguer et leurs soins et leurs remèdes efficaces. Bientôt elles eurent la douce satisfaction de les voir couronnés par le succès. Bérenger revint à la vie et à la santé.

Alors le sire de Roche-Brune l'accabla de prévenances et d'amitié : tous les jours c'étaient de nouvelles fêtes, de nouveaux plaisirs. Siméon espérait, par cette conduite, éloigner l'éclaircissement qu'il redoutait. Le jeune Surgy ne se pressait pas d'en demander ; il tremblait que son empressement ne lui aliénât l'esprit de son tuteur, dont il désirait captiver la bienveillance ; et surtout il frémissait à l'idée d'être contraint d'aller visiter ses riches possessions.

La beauté, la douceur, la simplicité de l'aimable Régine, avaient séduit et son cœur et son imagination. N'ayant jamais aimé, il livra son âme tout entière au charme qui l'entraînait. Cherchant toutes les occasions de plaire à celle qui le captivait, bientôt tous les habitans de l'antique manoir s'aperçurent de l'amour dont Surgy était enflammé.

Mais celui qui le vit naître avec une joie extrême, fut le sire de Roche-Brune : c'était, pensait-il, un moyen que la fortune lui offrait pour sauver son honneur et sa gloire! Siérait-il bien, en effet, à lui, seigneur d'un si haut parage, d'être forcé à convenir de ses torts? Un mariage allait tout réparer! Les biens de sa sœur remplaceraient ceux que son imprudence lui avait fait dissiper avec une extravagance sans égale.

Sans cesse il vantait la bonne mine de Bérenger, sans cesse il rappelait les traits de vaillance dont il s'était illustré sous les murs de Jérusalem : Régine et sa belle-sœur applaudissaient à ces éloges ; et ce qui n'était qu'une justice rendue, paraissait, aux yeux de Siméon, l'indice certain que bientôt la fille de Bertha ne serait pas indifférente à ces brillantes qualités. Dans les repas, il avait soin de placer le sire de Surgy à côté de la belle orpheline : tandis que le malheureux Olivier, assis loin d'elle au rang des vassaux, rougissait et frémissait de douleur et d'impatience. Régine, pour le consoler, lui adressait les plus doux et les plus tendres regards : alors le jeune clerc se consolait et espérait.

Pour hâter l'hymen qu'il désire, Siméon se décide à dévoiler le secret qui le fatigue. Prétextant une partie de plaisir, il emmène avec lui son hôte et quelques amis : on court, on harcelle le gibier; les chiens, toujours dociles, le poursuivent avec vigueur. Enfin, on s'enfonce dans les détours du bois. Se voyant éloigné de sa suite, et seul avec son pupille, il met pied à terre, et se prépare à lui faire cette pénible confidence.

Après l'avoir invité à s'asseoir près de lui, le comte lui dit : Sire Bérenger, daignez m'entendre quelques instans; c'est ici, loin de tout l'univers, loin de tous les yeux, à la face du ciel, que je vais vous confier ma triste et douloureuse position.... Pardonnez aux pleurs qui m'échappent.... Hélas! me faut-il flétrir la mémoire d'un père! De quels noms, Surgy, allez-vous nommer ma faiblesse, mon manque de foi! — Que voulez-vous dire, seigneur? — Que j'ai abusé de la noble confiance de vos parens! que j'ai disposé des biens qu'ils avaient remis à ma probité.... En un mot, votre héritage est presque entièrement dissipé.... — Seigneur.... vous voulez m'éprouver.... ce que vous me dites n'est point possible... vous êtes incapable de semblables procédés.... — Hélas! ils sont trop réels!... — Sire de Roche-Brune, en me faisant un aveu aussi cruel, vous portez le désespoir au fond de mon âme... Ah! si vous saviez quelle perspective de bonheur vous m'enlevez! Mais je ne puis le croire: auriez-vous ainsi manqué à toutes les lois de l'honneur et de la vertu?.. — Ce reproche est dur; il est mérité. Ecoutez-moi, sire de Surgy, écoutez-moi, et prononcez.

Mon père !... ô Dieu ! sois indulgent pour un fils, que le devoir contraint à flétrir les mânes paternels !.... Il m'en coûte, tu le sais, Dieu puissant ! Sire Bérenger, mon père, magnifique dans toutes les occasions de sa vie, généreux, aimant à exercer une noble hospitalité, aimant surtout à tendre une main protectrice à ceux que le malheur poursuivait, soutint, dans sa rébellion contre les moines de Saint-Benoît, le seigneur de Montbar. Vous connaissez l'issue déplorable de cette tentative. Montbar fut défait : mon père, comme son allié et son protecteur, fut condamné à une amende considérable ; ses biens furent mis en interdit jusqu'au paiement. Je remplis ses promesses avec les biens qui vous appartenaient : j'ai commis un crime, j'ai dépouillé l'orphelin.... mais j'ai sauvé l'honneur et la renommée de mon père ! Siméon se tut après ce discours étudié.

Anéanti par cette découverte, Bérenger ne prononce pas un mot : les yeux fixés en terre, tantôt il pâlit, tantôt il rougit prodigieusement. Inquiet de son silence, Siméon se hasarde à lui demander ce qui l'occupe. Seigneur, répond le chevalier, je pensais qu'il nous serait facile de terminer nos différens..... vous avez une sœur, je l'aime, daignez me l'accorder pour épouse.... alors j'oublierai que la confiance de mes parens a été trahie.... J'aime Régine, et tous les sacrifices du monde me seraient indifférens, si je pouvais espérer d'obtenir et sa main et son cœur !

Cher Bérenger, recevez ma foi et ma parole de chevalier que Régine n'aura jamais d'autre époux que vous. Eh ! comment ne serais-je pas touché d'un si noble procédé ! Ma sœur est jeune ; élevée loin du monde, elle a encore la rusticité du hameau où son enfance s'écoula ; mais je suis son tuteur, mais notre père m'a remis ses droits sur elle : Régine obéira. Cependant, si elle redoutait l'hymen..... promettez-moi de prendre le temps nécessaire pour vaincre sa répugnance, et pour vous en faire aimer. — Seigneur, j'y mettrai tous mes soins : mon amour n'y est-il pas intéressé ! Les chevaliers remontèrent à cheval, et reprirent la route de l'antique châtel.

Siméon fit part à son épouse des dispositions de son neveu ; elle fut enchantée de cette confidence : bien qu'elle ignorât la position délicate du sire de Roche-Brune vis-à-vis de Surgy, elle trouvait du plaisir à penser que la sœur qu'elle chérissait, et le fils de son frère, ne se sépareraient pas d'elle : cette idée lui était chère. Il est si doux de vivre entouré de ceux que nous aimons !

Mais Régine, sur laquelle on fondait de si séduisantes espérances, ne se préparait pas à les réaliser : l'amour dont Olivier et elle étaient enflammés, avait pris trop d'empire sur leurs âmes. Régine voyait approcher avec effroi le moment où le jeune homme allait entrer dans un monastère : elle sentait qu'il n'était qu'un seul moyen de l'empêcher de remplir ses promesses ; ce moyen, elle était décidée à l'employer. Cependant, avant de prendre une résolution d'une telle importance, elle voulut consulter Eusèbe, le sage chapelain : cet indulgent et digne prêtre, qui possédait d'éminentes vertus, et pour lequel Régine était pénétrée du plus profond respect, et de la plus vive reconnaissance. Elle choisit, pour lui ouvrir son cœur, l'heure où tout le monde devait être enseveli dans les douceurs du repos.

Elle s'achemine doucement, sur la pointe des pieds, vers sa chambre, et frappe en hésitant : Ouvrez, mon père, ouvrez, dit la tremblante Régine ; c'est moi ! Le digne ecclésiastique, inquiet, s'empresse, ne sachant à quoi attribuer une visite aussi extraordinaire : la jeune fille entre, et, baissant ses longues paupières, s'assied sur le siége que lui offre le chapelain.

Rassurez-vous, mon enfant, lui dit-il avec bonté ; pourquoi ce trouble ? et d'où vient l'effroi qui se peint dans vos yeux ? Dites, aimable Régine, qui vous amène vers moi à cette heure ? Quel motif assez pressant peut vous enlever au sommeil si nécessaire à votre âge ? parlez, ma chère enfant, parlez; ne craignez rien : ne suis-je pas votre ami?

Oui, vous l'êtes! dit-elle, oui! aussi je ne crains pas de venir vous faire lire dans mon âme. A qui pourrais-je me confier, si ce n'est à l'homme respectable qui prend soin de me former à la vertu, aux devoirs de ma religion, à ceux de mon sexe et de ce rang fatal, dont je porte avec impatience les chaînes pesantes! Hélas! qu'allez-vous dire, mon père, et de quel œil recevrez-vous cette confidence?

Aurais-je à rougir de Régine de Roche-Brune? serais-je condamné à rougir de ses actions et de ses inconséquences? O ma fille! les passions auraient-elles altéré la candeur et cette touchante simplicité qui vous distinguent des autres femmes? Mais pourquoi craindre? parlez, Régine, parlez, expliquez-vous.

O mon père ! excusez l'aveu que vous allez entendre ! J'aime.... j'aime, hélas ! — Eh bien, c'est l'erreur de votre âge ! mais ce choix n'a-t-il point l'assentiment de votre famille ? — Je tremble qu'il ne l'obtienne jamais ! Mon père, vous savez s'il mérite ma tendresse, vous le chérissez, vous l'estimez ; chaque jour votre bouche se plaît à répéter ses louanges.... J'ai cru que l'homme que vous distinguiez, que vous éleviez au-dessus des autres hommes, était celui qui devait me rendre heureuse... — Régine, que me faites-vous entrevoir ! — Oui, mon père ! oui, c'est Olivier que j'aime ! votre élève, votre ami, mon frère avant qu'un sort cruel vînt se placer entre nous ! oui, c'est Olivier que j'ai choisi pour le compagnon de ma vie entière : en un mot, lui seul sera l'époux de l'héritière de Bertha.

Malheureuse enfant ! infortunée Régine! savez-vous quels malheurs vous allez amasser sur votre tête et sur la sienne ? Savez-vous de quel nom l'orgueil des vôtres flétrira celui que vous aimez ? Savez-vous jusques où peut s'étendre leur pouvoir sur lui ? Un vil serf, diront-ils, ose porter ses vœux sur une fille de notre sang ! nous devons et pouvons faire justice d'un tel excès d'audace ! sa vie n'est-elle pas en notre puissance ? et nos droits peuvent lui ravir le jour.... — Un vil serf, murmure Régine épouvantée, un vil serf ! Et pourquoi cette orgueilleuse famille m'éloigna-t-elle des murs où je naquis ? pourquoi ai-je sucé avec le lait l'amitié qu'il m'inspire ? Et quel était le projet des sires de Roche-Brune ? voulaient-ils me laisser dans un éternel abandon ? ils m'ont rendu une justice tardive. A présent, ils voudraient que mon cœur changeât comme leurs idées. Quels furent ceux qui entourèrent mon enfance de prévenances, de tendresse, d'attachement sincère? ce sont de vils serfs! Non, mon père, non, quand le ciel et l'univers s'uniraient contre l'hymen que j'ai résolu, je ne changerais point. Dois-je enfin des égards, des sacrifices à ceux qui m'ont si long-temps abandonnée à ces êtres qu'ils nomment de vils mercenaires?

—Sans doute, votre famille a quelques torts avec vous, ma fille; mais, si jeune, devez-vous vous permettre de juger ses actions sans retour? savez-vous si vos plaintes ne troublent pas les cendres d'un père? savez-vous si les regrets, les remords, ne l'ont pas suivi au-delà du tombeau? et n'avez-vous aucune indulgence pour l'humaine faiblesse? votre âge n'est-il pas celui où l'on aime à pallier les fautes de ses parens, de ses amis? Par ce jugement sévère, Régine, vous condamnez la mémoire de celui qui vous donna la vie! Etait-ce à vous à combler sa misère? Répondez, mon enfant.

— Je suis coupable, mon père.... oui, je suis coupable..... j'offense tout ce que je dois respecter! Mais si mon frère, abusant de son autorité, m'ordonne de choisir un époux parmi les chevaliers d'un haut parage, mentirai-je à Dieu, à moi-même, et devrai-je obéir à des ordres injustes? car, enfin, mon noble père m'a laissé la liberté de disposer de mon cœur, de mes affections... il a connu mon attachement pour Olivier; je ne lui ai point caché. — Le temps, Régine, l'occasion, vous dicteront ce qu'il faut faire: jusque-là cachez vos intentions à ce jeune homme; laissez-le suivre la carrière à laquelle on le destine... Ma fille, n'enlevez pas une âme et un cœur voués à l'Éternel!

Je n'ai point encore dévoilé à celui que j'aime combien il m'est cher; mais l'ignore-t-il? n'a-t-il pas lu dans mes yeux, sur mon front, les sentimens qu'il m'inspirait? Depuis long-temps il me fuit... sa délicatesse lui impose cette dure loi. Puis-je ne pas être sensible à tant de vertu? puis-je voir sans émotion les combats qu'il se livre intérieurement? il craint de blesser les lois sacrés de la reconnaissance... Quelquefois il oublie la distance qui nous sépare; alors il me dit, comme aux jours où nous habitions la même chaumière : Ma Régine, ma sœur, que tu es belle! et combien je t'aime!... Il s'arrête, il rougit, et balbutie : Madame, excusez mon audace. Je souris, je lui présente la main, il la presse dans la sienne, et tout est oublié. Et c'est là celui qu'ils oseraient appeler vil serf !

Régine, vous ne connaissez pas l'orgueil qu'inspire une haute naissance : dans le hameau où s'écoula votre enfance, vous n'avez pas senti quelles prérogatives elle traîne à sa suite. Vous ressemblez à ces jeunes arbrisseaux arrachés à la terre qui les vit naître ; avant qu'ils puissent s'accoutumer au climat qu'on les force d'adopter, ils languissent et ne viennent qu'à regret. Surmontent-ils les accidens qu'ils eurent à combattre ; alors ils relèvent leur tête altière avec plus de fierté que l'arbre superbe qui croît et meurt sur le sol paternel. De même ceux qu'un fol orgueil égare, et qui se trouvent dans une sphère à laquelle ils étaient loin de prétendre, quand ils voient l'encens qu'on brûle devant eux, quand ils reçoivent les respects des mortels, se jugent bientôt d'une autre nature que ceux dont jadis ils marchaient les égaux. Peut-être, ma fille, un jour vous laisserez-vous égarer comme eux. Mais allez, et réfléchissez avant de disposer de votre avenir. Régine se retira chez elle.

Vers le milieu de la journée, le comte fit demander à sa sœur si elle voulait passer dans son appartement: Régine, surprise d'un semblable message, s'y rendit aussitôt; elle y trouva Eltrude, le sire de Rochebrune et Bérenger de Surgy: en la voyant entrer, le jeune chevalier la salua avec respect, et se retira sur-le-champ. Étonnée de son éloignement, elle le regarda sortir avec une sorte de curiosité. Siméon se trompa au motif qui la faisait agir, et crut y démêler une nuance d'intérêt.

Chère Régine, dit-il, comme chef d'une illustre famille, comme dépositaire de l'honneur et de la gloire de mes aïeux, je dois chercher les occasions qui peuvent rehausser l'éclat d'un nom cité parmi les noms les plus célèbres; je dois de même veiller à ce que tous les membres de cette famille observent cette loi : aujourd'hui je dois vous déclarer, comme votre ami, comme votre frère et votre tuteur, qu'un noble chevalier aspire à l'honneur suprême de prendre une femme dans les veines de laquelle coule le sang des Rochebrune; c'est vous dire, Régine, que c'est vous qu'il a choisie. — Moi, seigneur! moi! — D'où vient cette surprise? Pensez-vous que ceux qui vous voient restent insensibles à votre beauté? — Je ne sais si réellement j'en possède; mais ce que je sais, c'est que je ne me sens pas disposée à subir le joug du mariage. Je veux encore attendre. — Les grands, madame, ne consultent pas les caprices des filles qui leur appartiennent; on arrête leur hymen, elles doivent obéir. — Oui, lorsqu'elles ont encore un père. — Un tuteur en tient lieu. — Oubliez-vous, seigneur, que notre vénérable père m laissa l'entière disposition de ma main e de ma foi? Il vous a fait promettre de n jamais me contraindre à former des nœud que je rejetterais.... — Souvenez-vous, Ré gine, que je n'ai rien promis. Rappelez-vous que la mort vint le frapper à l'instant où il exigeait cette promesse insensée.... Ceci est une marque infaillible que le ciel ne l'approuvait pas. — O blasphème! s'écria Régine.

— Le sire Bérenger de Surgy demande votre main; ne prévoyant aucune objection, j'ai dû la lui accorder: le terme de votre union est fixé à quatre mois; préparez-vous, Régine, à recevoir avec bienveillance l'époux agréé par votre famille. Bérenger est jeune, aimable, il vous aime; tous les rapports de fortune, de rang, de naissance, s'y trouvent; vous ne pouvez, sous aucun prétexte, refuser une alliance aussi honorable.

— Je la refuse pourtant, comte, dit-elle avec fierté. Je devais croire qu'avant de disposer de moi, vous auriez daigné me consulter : il en est autrement.... je puis donc user de mes droits, des droits qu'un père, au lit de mort, voulut bien me laisser. Sire de Rochebrune, jamais Bérenger de Surgy ne sera mon époux; j'en fais serment à l'Éternel, à l'ombre de mon noble père. Ne vous perdez pas en vaines conjectures. Le motif de mon refus est : je ne l'aime pas. Ce mot renferme tout.

— Je saurai bien réduire cette humeur altière, fille de Bertha. Régine regarda Siméon avec une telle hauteur qu'il détourna la tête. Fille de Bertha! répéta-t-elle: cette Bertha fut l'épouse de votre père : vous lui deviez du respect ; vous en devez encore à ses cendres, seigneur. Elle salua Eltrude et son frère, et s'éloigna précipitamment.

Le comte avec adresse colora le refus de sa sœur : il exigea du jeune Bérenger de se déclarer son chevalier : il jura, sur les plus saintes promesses, que Régine serait à lui, quelque obstination qu'elle pût y mettre. Surgy aimait avec ardeur: sa délicatesse ne s'étendait pas jusqu'à vouloir régner sur le cœur de son épouse; posséder Régine, se trouver l'arbitre de son sort, l'accabler de brûlantes caresses, assouvir ses transports, et satisfaire la passion dont il était embrasé, voilà quels étaient ses désirs; après, que lui importaient les larmes et le désespoir de sa victime ?

Bérenger prit son chiffre et ses couleurs : en vain elle voulut s'opposer à cet excès d'audace : je suis autorisé par votre frère, madame, disait-il, et je me flatte, j'espère qu'un jour vous daignerez rendre justice à mon caractère, à ma constance, en couronnant l'ardent amour qui me consume : j'attendrai tout du temps et de votre bonté. — Je doute, seigneur, que vos vœux puissent se réaliser : dussiez-vous blâmer ma franchise, je ne pense pas que jamais les nœuds de l'hymen nous enchaînent l'un à l'autre... — Vous changerez de résolution, belle Régine. — Jamais, sire de Surgy. Malgré cette assurance positive, Bérenger n'en continuait pas moins ses assiduités.

Sous un dehors calme, froid et sévère, Olivier cachait une âme déchirée : les discours que chaque soir il entendait, semblaient annoncer la prochaine union de Régine avec le sire de Bérenger ; trop fier pour se plaindre, trop malheureux pour réclamer l'amour de celle qui cent fois avait juré de n'être qu'à lui, il dévorait ses peines en silence, et la nuit seule était témoin des pleurs qu'il versait en secret.

Régine a vu les mouvemens dont il est agité : Régine partage ses regrets et sa douleur ; mais douée d'un caractère sensible et ferme en même temps, elle s'est promis de tout tenter pour assurer le bonheur de cet aimable ami : elle ne crain t ni les mauvais traitemens, ni les fers, ni même la mort; aimer Olivier, l'aimer jusqu'au dernier soupir, est le premier besoin, le seul que puisse ressentir son jeune cœur : aussi rien ne l'arrêtera pour rompre un hymen détesté, et pour couronner la tendresse de son amant.

Irrité de la résistance qu'il éprouve, le comte pense que le digne religieux qui dirige et la conscience et les actions de sa jeune sœur, peut lui être utile dans cette conjoncture ; faisant prier le chapelain de passer dans son appartement, Siméon se prépare à l'amener à ce qu'il désire : Seigneur abbé, dit-il, j'ai besoin de votre ministère; je me flatte que vous voudrez bien m'aider à convaincre Régine que le choix que j'ai fait pour elle est honorable et digne du sang dont elle sort : je l'avoue, son obstination m'étonne; vous qui la voyez à toutes les heures du jour, vous qui lisez dans ce cœur ingénu, n'y trouvez-vous rien qui puisse détruire l'espoir que j'ai formé de l'unir à mon pupille? digne Eusèbe, aucune passion ne germe-t-elle dans cette âme candide?

— Monseigneur, s'il était vrai que je fusse

dépositaire du secret de la fille de mon noble maître, irais-je, pasteur infidèle, dévoiler les fautes du troupeau confié à mes soins? Seigneur comte, la puissance des mortels ne s'étend point jusque là. — Mais vous pouvez, sire prêtre, lui faire quelques remontrances, et l'engager à se rendre à mes vœux; que peut-elle opposer contre Bérenger? un caprice... Quoi qu'il en soit, je compte que vous daignerez m'aider à vaincre une répugnance déraisonnable : mon honneur, ma parole, sont engagés : je puis commander, je puis la contraindre à m'obéir; cependant je préfère que vous employiez les armes de la persuasion ; tels sont les ordres que je vous intime, seigneur chapelain.

— Sire de Roche-Brune, revêtu d'une dignité ecclésiastique, jusqu'à ce jour je n'ai point exécuté d'ordres injustes : certes à mon âge je ne commencerai pas; vous me commandez de contraindre votre sœur à conclure un hymen que son cœur réprouve : mais, seigneur, si ma mémoire ne me trompe, je croyais qu'au lit de mort, le seigneur votre père vous avait fait promettre de ne point la forcer de donner sa main sans son cœur; excusez, je le croyais... — Vous devez vous souvenir, seigneur chapelain, que le Ciel ne permit pas que ce serment s'accomplît... le trépas saisit la victime à l'instant où j'allais le prononcer... donc je suis libre. — Vous ne l'êtes pas, monseigneur, vous violez les dernières volontés d'un mourant, de votre père... Excusez mes discours; mais Dieu, mais l'honneur, mais ce que vous devez à sa mémoire, vous font un devoir de les respecter : quant à moi, ne croyez pas que je veuille seconder l'injustice.... Votre sœur est libre, et jamais je ne m'unirai avec ses persécuteurs. — Seigneur abbé, je ne prétends pas trouver dans les commensaux de ma maison des censeurs de mes actions; je souhaite que les murs du monastère de Saint-Hilaire puissent vous faire faire de sages et utiles réflexions. — Sire de Roche-Brune, je ne les quittai que par amitié pour votre père; depuis, je veillai sur sa fille, et crus que le Ciel approuvait mon séjour en ce château. Adieu, comte.

Le chapelain emmena avec lui le jeune Olivier; à peine la triste Régine et lui purent-ils se dire un dernier adieu. Au désespoir de cette séparation, ils se virent dans la nécessité de renfermer au fond de leur âme la douleur dont ils étaient accablés.

Maître de la destinée de sa sœur, Siméon recommença ses persécutions. Les refus qu'elle opposa à son union avec Bérenger l'irritèrent : il la renferma dans son appartement, et lui jura qu'elle n'en sortirait qu'au moment où elle se déciderait à souscrire à ses ordres.

Privée de toute société, privée de toute distraction, la pauvre recluse parfois sentait son courage s'affaiblir : la vivacité de son imagination ajoutait à son supplice ; bientôt les roses de son teint disparurent ; bientôt l'ennui, le fatal ennui vint ajouter à la longueur des heures et des jours. Quelquefois elle rappelait sa fermeté ; mais ces mots cruels revenaient aussitôt à son esprit troublé : *Jamais tu ne sortiras de cette chambre que pour marcher à l'autel :* et des pleurs accompagnaient ce funeste augure.

Le sommeil fuyait ses paupières. Éveillée avant l'aube du jour, elle regardait le spectacle imposant du lever de l'aurore. Voilà donc, pensait-elle, le seul plaisir que me réserve un frère ! Le cruel ! que veut-il ? Ah ! si mon héritage pouvait le tenter.... Qu'il le prenne, grand Dieu ! je suis prête à le lui abandonner ! Et pensive, elle oubliait et l'aurore et le lever du soleil.

Une nuit, poursuivie par des songes fatigans, elle quitta sa couche virginale : appuyée sur une des croisées de sa chambre, elle écoutait le bruissement du feuillage, le chant éloigné du coq vigilant et le cri de l'oiseau des ténèbres, qui, par instans, répondait à l'aboiement du chien fidèle. Attentive au plus léger bruit, il lui semblait que son cœur pressentait quelque évènement extraordinaire.

Tout à coup des pas légers semblent se diriger vers la fenêtre. Ah ! quelle émotion agite son sein ! d'où peut venir ce tremblement ! elle croit.... douce illusion de l'amour, charme précieux de l'attente, que tu es séduisant lorsque tu te réalises! elle croit reconnaître les pas de son ami, de son frère, de son cher et bien-aimé Olivier! La nuit est si obscure qu'il ne peut l'apercevoir: comment l'instruire qu'elle l'a reconnu? Elle hasarde une légère toux; on s'arrête, et la joie dont elle est pénétrée ne lui laisse aucun doute que ce ne soit celui qu'elle espérait et qu'elle attendait depuis si long-temps.

Une voix répondit au doux signal; c'était la voix d'Olivier. Ami, dit Régine, je t'entends, et je suis consolée. — Chère sœur, combien je gémissais de ne pouvoir t'apporter quelques avis.... Ma bien-aimée, ma Régine, cède s'il le faut.... Ah! ne laisse point tes charmes se faner, se détruire dans la captivité.... Cède, ô ma tendre amie! L'âme de la fille de Bertha fut douloureusement froissée à cette prière. Oui, ingrat, murmure-t-elle, oui, je céderai. Tu le veux.... Sa voix s'affaiblit; elle resta quelques minutes sans parler; seulement on entendit des sanglots interrompre le silence qui régnait autour d'eux.

La tendre captive ajouta: Je t'obéis; mais trouve-toi ici dans trois jours.... tu connaîtras si j'aime à suivre tes conseils.... Ne manque pas, trop cruel Olivier, ne manque pas.... Elle pousse sa croisée, et se retire dans l'intérieur de sa chambre pour pleurer amèrement.

Lorsqu'on vint chez elle, Régine dit à la femme qui la servait: Allez prier de ma part le comte de Roche-Brune de se rendre chez moi; allez. Quelques minutes après ce message, il entra dans l'appartement de sa sœur.

Comte, dit-elle, pardonnez à l'inflexibilité

que j'ai pu montrer pour vos ordres suprêmes; mais née avec un caractère fier et impérieux, rarement je cède à la rigueur, à la force.... Cependant j'ai réfléchi..... j'ai pensé que je devais me rendre à vos désirs.... Vous avez pour but l'honneur de ma famille, je me rends.... bien que j'eusse pu me plaindre de vos rigueurs.... de votre abandon .... de votre indifférence.... Seigneur, faites cesser cette captivité cruelle.... mon âme est affaissée sous le poids de la disgrâce qui pèse sur ma tête.

Satisfait d'être parvenu à ce qu'il souhaitait avec ardeur, Siméon, le sourire sur les lèvres, répondit : Pardonne, chère Régine, à cette rigueur salutaire, pardonne.... Chef de ma maison, ayant la noblesse de mon sang à conserver, à illustrer même, j'ai dû ne point laisser ta jeunesse suivre les erreurs d'une âme naïve et sans expérience : chère sœur, permets à ton frère de presser ta main en signe de réconciliation. La fille de Bertha lui présenta la main qu'il demandait, il la serra affectueusement dans les siennes.

Seigneur, reprit-elle, me permettez-vous d'espérer que vous m'accorderez quelque temps avant de conclure cet hymen, objet de ma terreur secrète : dites, me le promettez-vous ? — Combien de jours exigez vous, Régine ? — De jours, mon frère ! je désirerais que vous me laissassiez libre trois mois encore.... Aurez-vous la cruauté de me les refuser ? Soyez sûr que si vous me donnez cette marque de condescendance, je n'opposerai plus le moindre obstacle à ce que vous désirez. — Je verrai, Régine, si je puis obtenir ce long terme de l'amant qui vous adore, et de l'époux qui vous est destiné. Siméon sortit.

L'ardente Régine avait pensé qu'il fallait opposer la ruse à l'injuste traitement qu'elle éprouvait : un parti irrévocable était arrêté dans son esprit. Malgré la honte qu'elle ressentait de tromper son tyran, elle croyait devoir tenir cette conduite avec celui qui abusait de sa puissance et des droits que la nature lui avait donnés sur elle.

Ce même jour elle reparut à la table de la famille : Bérenger, plus épris que jamais, ne pouvait détourner son œil ardent de cette charmante figure : un peu de pâleur avait remplacé sa fraîcheur naturelle ; mais la fierté de son regard tempérait la douceur de ses traits, et réprimait l'impétuosité des transports que sa tristesse pouvait faire naître.

Satisfait de la déférence de Régine pour l'époux qu'il lui avait choisi, le comte ordonna que sa sœur ne serait plus observée dans ses promenades favorites; les portes de la tour qu'elle occupait s'ouvriraient à sa voix; aucune personne attachée à ses pas ne devait censurer ses démarches. Loin d'en abuser, l'adroite fille se faisait accompagner ou par Eltrude, ou par celle de ses femmes en laquelle elle avait plus de confiance. Régine endormit la vigilance de son frère, qui, ignorant l'amour dont elle brûlait en secret, crut sans peine que les moyens dont il s'était servi avaient opéré ce changement.

La nuit où elle attendait son amant arriva : belle d'espérance, ses yeux brillaient d'un éclat surnaturel. Au repas du soir, le comte et Bérenger furent surpris de sa gaieté et de son amabilité : le sire de Surgy osa parler de sa passion ; un sourire, un mot de bonté encouragèrent son amour et ses tendres discours.

Vers la onzième heure du soir, chacun se retira chez soi : Régine se laissa déshabiller et mettre au lit par ses femmes. A peine furent-elles sorties, que se relevant aussitôt, elle passe un léger vêtement, et se mit à la croisée, attendant avec impatience celui qui régnait sur son âme, celui enfin pour lequel elle eût fait le sacrifice de sa vie, si ce sacrifice eût pu assurer son repos, son bonheur et sa tranquillité.

Aucune lumière ne brillait dans le château ; tout était calme, paisible ; seulement les pas de la sentinelle troublaient quelquefois le profond silence qui régnait partout. Régine n'éprouva aucune crainte de la savoir si près d'elle ; la hauteur des créneaux assurait le succès de son entreprise.

Enfin, elle distingue une ombre se glissant à travers les arbres ; la clarté de la lune dessine les formes gracieuses d'Olivier : c'est lui, pense-t-elle, c'est lui ! il approche de la croisée, s'arrête et soupire profondément. Régine éparpille sur la tête de celui qui l'attend quelques roses que sa main avait effeuillées. Il lève les yeux vers la fenêtre : Va m'attendre dans le bosquet des églantiers, dit-elle à voix basse. Il y vole, heureux de l'espoir de la revoir bientôt à ses côtés.

Pour ne point se trahir, elle s'enveloppe d'un voile de couleur sombre. La porte de sa chambre entr'ouverte, Régine descend les degrés sans faire le moindre bruit : se glissant le long des murailles, la noble fille semble être le fantôme protecteur à qui leur sûreté est confiée : elle atteint l'épaisseur du bois ; alors plus de crainte, elle presse sa course légère ; enfin elle tombe dans les bras de son bien-aimé.

O moment heureux et délectable ! dit Olivier dans son pieux langage ; ô mort, frappe-moi dans cet instant ! en retrouverai-je jamais un semblable ! — Oh ! non, répond Régine, oh ! non, c'est le dernier.... Tu l'exiges.... tu me l'as commandé.... j'épouse le sire de Bérenger.

O mon Dieu ! s'écrie l'infortuné en levant les mains au ciel, accepte le calice d'amertume que tu viens d'approcher de mes lèvres .. accepte-le... en expiation de mes fautes ! O peine cuisante ! ô douleur !... Tu l'épouses, m'as-tu dit ! — Ne l'as-tu pas voulu ? — Il est vrai ; mais devais-tu m'apprendre cette nouvelle fatale avec le sourire sur les lèvres... avec cette voix si douce, si harmonieuse ?.. Ah ! si seulement elle eût tremblé... Cruelle ! oublies-tu combien je t'aimais ?.. Mais un devoir funeste m'ordonna de te parler ainsi... Ah ! si tu pouvais comprendre les peines de ce cœur déchiré !... Allons, il faut te fuir, il le faut.. et je le dois.... Régine, adieu....

La lune tombait sur le visage du jeune homme : Régine est effrayée de sa pâleur et de la décomposition de ses traits. Olivier fait quelques pas pour s'éloigner ; elle l'arrête, et enlace ses bras tremblans autour de son cou : Reste, dit-elle, reste encore, ô mon ami ! A cet accent si doux, il n'a pas la force de désobéir : hélas ! le pourrait-il ? la tête de sa Régine est posée sur son épaule ; il entend ses sanglots, il respire son haleine embaumée : faible, et entraîné malgré lui par la fièvre d'amour dont il est consumé, il soulève ce léger fardeau, s'assied sur un tertre de gazon, et pose sur ses genoux l'être charmant qu'il adore.

Leurs lèvres, chastes jusqu'à cet instant, se rencontrent ; elles savourent avec délices des baisers ardens, impétueux : bientôt un feu inconnu circule dans leurs veines brûlantes : tout conjure leur perte ; la nuit, le silence, le bruissement des feuilles légères, le zéphir se jouant dans les boucles de leur chevelure, le parfum des fleurs, la lune voilant sa lumière argentée en signe de pudeur ou de deuil ; tout conspire à leur faire oublier leurs devoirs... Ils les oublient. Les infortunés sont coupables.... et Régine n'est plus qu'une femme ordinaire.

Je suis à toi, s'écrie la jeune enthousiaste, à toi pour la vie ! O bonheur ! ô douce ivresse ! Olivier, je suis à toi ! Elle redoublait ses ardentes caresses ; mais lui, rougissant du crime qu'il vient de commettre, se détestant lui-même, il ne répond point à l'excès de ce touchant amour ; il voit l'énormité de sa faute, et frémit de l'abîme où il vient de plonger celle qui, sans lui, serait encore innocente et pure.

Réponds-moi donc, dit-elle, cher Olivier. — Laisse-moi, Régine. Ah! si tu connaissais les remords qui viennent de s'élever dans mon sein! — Des remords, insensé, lorsque je suis ta femme, ton amie! Eh, qui pourra nous séparer désormais! sera-ce les menaces d'un frère? Non. Les nœuds que nous venons de former sont indissolubles; ils sont de notre choix; et j'en atteste ce ciel qui plane sur nos têtes, rien que la mort ne pourra nous séparer! Ma faute m'est chère, elle m'est sacrée: Olivier, n'étais-je pas à toi avant que ce fantôme de grandeur s'élevât entre nous? — Oui, tu étais ma sœur, je devais te respecter. — Et je suis ton épouse à présent: que ce titre m'est précieux et doux! — Par pitié, ne cherche pas à colorer mon crime; Dieu et les hommes ne peuvent jamais le pardonner. — Notre hymen l'effacera. — Que dis-tu, notre hymen ? est-ce à moi, serf obscur, à lever les yeux jusqu'à ma souveraine ? — Ah ! par pitié, cesse cet odieux langage qui me déchire le cœur. Tais-toi. Et ses jolis doigts lui ferment la bouche.

Les remords d'Olivier s'évanouirent : la passion dont il était dévoré lui créa bientôt des argumens qui tolérèrent son excessive délicatesse ; bientôt il n'eût plus d'autre désir, d'autre félicité, que les heures qu'il passait auprès de sa bien-aimée. Hélas ! puissent-elles durer éternellement !

Ne déviant en aucune façon du plan qu'elle s'était formé, Régine consentit à être fiancée avec le sire Bérenger ; la cérémonie eut lieu au grand contentement de son frère : et le jour où elle devait marcher à l'autel fut fixé au mois suivant.

Une nuit, le vertueux chapelain était retiré dans son oratoire, quand son jeune ami entra sans être attendu : Mon père, dit-il d'une voix faible et tremblante, Régine, la dame de Roche-Brune, est là, et demande à vous parler à l'instant. — Elle, Régine ! que signifie une telle démarche ? Il murmure quelques mots à voix basse, et suit Olivier, qui feignit de ne pas les entendre.

Il conduisit le digne ministre du Seigneur dans la chapelle du monastère. Sur les marches de l'autel, une femme agenouillée et recueillie semblait prier avec ferveur : absorbée entièrement dans sa pieus méditation, elle n'entendit point ceux qui approchaient : Olivier l'indiqua au dign Eusèbe ; il s'avance et dit : Régine, vous en ce lieux ! vous !

— Oui, mon père, oui, seigneur. — Qu

demandez-vous ici à ce Dieu qui vous écoute ? parlez. — Je demande à ses pieds le pardon d'une faute sans remède. Je viens solliciter votre indulgence pour moi.... et pour un infortuné qui n'est pas coupable de mon crime.... en un mot, mon père, je viens vous supplier de m'unir pour la vie à l'homme qui possède toutes mes affections. — Fille imprudente, avez-vous cru que je me prêterais à cet acte de désobéissance?.. l'avez-vous cru ? Moi, ministre des autels, moi, serviteur de l'Eternel, je soutiendrais la révolte et l'oubli de tous les devoirs humains !... N'espérez rien, Régine, n'espérez rien de moi.

— Vous voulez donc la mort de trois infortunés... vous voulez donc leur perte.... Il n'est plus temps de vous rien céler.... J'ai séduit l'âme et le cœur de ce jeune Olivier, votre enfant, votre pupille.... Il fut coupable... mais sa faute est mon ouvrage. Un fruit de cette union illégitime existe; mon père, c'est pour lui que j'implore votre pitié: ne le condamnez pas à la honte, à être rejeté de l'univers. — Malheureuse, qu'avez-vous fait! et votre naissance, et l'honneur de votre famille! — Je fus accueillie dans celle d'Olivier lorsque la mienne m'eut rejetée; je lui dois plus que je ne dois aux sires de Roche-Brune. — Mais vous, Olivier, dit au jeune homme le sage vieillard, est-ce là le fruit de mes exhortations? Vous voici devenu ingrat et ravisseur. Olivier, Olivier! j'avais quelque confiance en votre vertu. — Ah! ne l'accusez pas, mon digne ami, c'est Régine qui employa la magie de l'amour et des plus séduisantes caresses pour le perdre: elle voulait un obstacle invincible aux nœuds qu'on la contraignait de former; le ciel a secondé ses vœux, il existe.... — Malheureuse, puissent tes larmes et ton sang ne pas laver l'affront que tu fais à ta famille !

— Ah ! mon père, si je meurs avec le nom de son épouse, je ne regretterai point la vie ; au moins, quelques jours, j'aurai fait son bonheur : mais endurer le supplice d'être unie à un homme détesté, dites, mon sage ami, n'est-ce pas mourir mille fois ? — Madame, le ciel nous dédommage dans un autre monde des tourmens que nous avons soufferts ici-bas ; il voit nos douleurs, il en sonde la profondeur.... Régine, si le trépas de celui que vous aimez était le fruit amer que vous recueillerez de votre désobéissance.... Régine, j'en frémis, vous avez amassé sur lui toutes les misères humaines !

— Eh bien, digne vieillard, je mourrai avec lui. — Te le permettront-ils, fille infortunée ! penses-tu qu'ils voudront abréger tes souffrances! Mais à quoi sert de dérouler le sombre avenir que tu t'es préparé! Si le ciel daigne exaucer mes prières, fille d'un père que j'aimai, tu seras heureuse dans l'union que je vais bénir. Alors il revêt ses habits sacerdotaux, et commence l'auguste cérémonie. Bientôt Olivier et Régine de Roche-Brune furent liés à jamais. Le jeune homme, ivre d'amour, de bonheur et de reconnaissance, tombe aux genoux de son bienfaiteur, et baise ses pieuses mains en les arrosant de larmes. Le prêtre ému, touché, le relève, l'embrasse et le serre sur son cœur sans proférer un mot. Les paroles eussent-elles bien exprimé ses douloureux pressentimens?

Mes amis, leur dit-il enfin, si vous en croyez les avis d'Eusèbe, vous cacherez et votre union, et votre vie : craignez tout de l'orgueil offensé. Infortunée Régine, qui demanderait compte à votre tyran et de vos jours, et de votre sang répandu ? qui vous redemanderait à sa puissance? N'est-il pas le maître de tout ce qui respire dans ses domaines ? Lois affreuses ! quand le Tout-Puissant vous anéantira-t-il ! Et sa muette prière semblait intercéder le ciel en leur faveur.

Les jeunes époux se retirèrent. Pendant une partie de la route, ils prirent des mesures afin de se soustraire au joug accablant qui pesait sur eux. Régine devait attendre, pour exécuter sa fuite, qu'elle eût reçu les joyaux et les présens que son frère lui destinait; de plus, il devait lui donner une forte somme d'argent que Régine lui avait demandée pour doter une chapelle dédiée à la mère du Sauveur. Les infortunés s'entretenaient de leurs futurs projets : le plus modeste asile leur suffirait, pourvu qu'ils y fussent ensemble. Hélas ! le ciel permettra-t-il que leurs souhaits soient accomplis ?

Enivrés de leur amour et de leur situation, ils marchaient lentement Ne devaient-ils pas bientôt se quitter ! Souvent de douces caresses arrêtaient leur course : ils s'embrassaient et se juraient de s'aimer éternellement, et jusqu'au tombeau. La nuit s'écoulait, et les imprudens ne s'en apercevaient pas. Enfin, l'aurore parut, et leur annonça qu'il fallait se hâter. Ils convinrent qu'Olivier irait s'assurer de quelque chaumière située sous un ciel plus doux et sous un maître moins sévère, où ils pussent vivre ignorés et tranquilles. Ils se trouvaient alors à la porte par laquelle Régine était sortie; ils s'embrassèrent encore, et se séparèrent....

L'homme d'armes qui veillait sur les

créneaux les aperçut ; la distance ne lui permit pas de reconnaître les traits de ceux qui venaient de se donner de si tendres marques d'attachement : il en rendit compte à son chef. Siméon fut instruit de cet incident ; toujours soupçonneux, craignant toujours que son projet favori ne manquât, il ordonna sur cet évènement le plus profond silence ; mais il se promit d'épier, et de surprendre les coupables.

Huit jours et huit nuits s'écoulèrent : le sire de Roche-Brume commençait à soupçonner de fausseté ce rapport. Fatigué de veiller inutilement, il sacrifiait encore une nuit à cet indigne office, quand le sort, qui souvent trahit l'infortuné, lui dévoila la honte de sa sœur.

Assis sous un chêne planté par la main de ses aïeux, et dont la beauté faisait l'admiration de la contrée, Siméon s'était laissé surprendre par le sommeil : cependant agité par son inquiétude, son âme était pour ainsi dire éveillée ; un léger bruit de feuilles le fait tressaillir : il écoute, et demeure convaincu qu'un homme s'achemine vers le château.

Il regarde, une ombre le guide : craignant de ne point découvrir ce mystère, il observe de loin celui qu'il veut surprendre ; il le voit s'avancer vers la tour où loge sa sœur : le châtelain se cache derrière un massif d'arbustes ; et là il attend la suite de cette aventure.

Régine, chère Régine, dit une voix qu'il reconnaît aussitôt : furieux, il porte la main sur son glaive, résolu de punir le téméraire ; mais la réflexion l'arrête ; le mal n'est peut-être pas aussi grand que son imagination le lui fait entrevoir.

Une fenêtre s'ouvrit doucement : Régine,

belle comme l'amour, ne répondit pas; seulement elle fait couler le long des murailles un objet que l'œil de Siméon ne peut distinguer. Le jeune homme bientôt paraît suspendu entre le ciel et la terre; enfin, le comte le voit franchir légèrement l'espace qui le séparait de sa maîtresse.

La rage, la fureur remplissent son âme : Misérables, dit-il, vous périrez. Avilir ainsi mon nom, celui de mes aïeux ! Un vil esclave ! le dernier des hommes ! Que j'ai soif de laver mon affront ! que cette main est avide de se baigner dans leur indigne sang !

Impatient, il allait éclater, quand la porte de la tour s'ouvrit : les deux personnes qu'il détestait se montrèrent à sa vue. Régine, après avoir embrassé tendrement son époux, lui dit avec tendresse : A demain, cher Olivier, à minuit. Elle le presse sur son cœur encore une fois, et referme la porte. Le jeune ami du chapelain s'éloigne en poussant un profond soupir.

Demain, dit le comte, demain! couple infâme, vous ne le verrez pas! Il prend un détour, se rend à la chambre des gardes, éveille ceux qui lui sont dévoués. Ils suivirent leur maître, et bientôt se trouvèrent dans un chemin étroit qu'Olivier devait suivre pour retourner au monastère.

Ils tombèrent à l'improviste sur lui; en vain il veut se défendre, ils le désarmèrent facilement. On lui bande les yeux, et d'après l'ordre du comte, les gardes le conduisirent au château. Pour dérober les traces de la vengeance exercée sur un insolent vassal, on le fait descendre dans les caveaux qui servent de sépulture aux seigneurs de Roche-Brune. Il fut laissé seul dans ce triste lieu.

Une lampe éclairait le dernier asile de ceux qui avaient été encensés sur la terre: quelques riches lambeaux recouvraient leurs dépouilles mortelles, et de somptueuses épitaphes rappelaient leurs actions : mais à ces mânes oubliés, que leur faisait cette grandeur et cette pompe ! Olivier les regarde d'un œil distrait ; une inquiétude dévorante absorbait et son attention et ses facultés.

Il parcourt le caveau funeste : une tombe ouverte récemment frappe sa vue ; il frémit : serait-ce là, dit-il, ma dernière demeure? le sire de Roche-Brune a-t-il résolu mon trépas ? O Régine, ne crains rien, je mourrai digne de toi !... je ne trahirai point le secret de notre union.... Mais, hélas ! si je périssais sans te revoir.... O ma femme ! ô mon amie ! plains Olivier et ne l'accuse pas.... Son dernier soupir sera pour toi, ma bien-aimée.... La porte s'ouvrit avec fracas, et Siméon parut.

Il regarde avec hauteur et dédain le jeune homme: Olivier, dit-il avec une douceur étudiée, la mesure que j'ai prise de vous faire conduire ici, doit vous annoncer que vos démarches ont été épiées et me sont connues.... Quels sont les motifs qui vous amenaient dans l'appartement de l'héritière des sires de Roche-Brune? — Je trahirais la vérité, seigneur, si je vous célais que vivement épris de la noble Régine, j'ai osé lui peindre mes tourmens.... Elle en a eu pitié.... Voilà tout. — Partage-t-elle l'amour qu'elle inspire? — Seigneur, je ne puis dévoiler ce qui se passe dans le cœur de celle que j'adore.... — Mais, Olivier, aviez-vous songé à l'énorme distance qui vous séparait? — L'amour les connaît-il, seigneur? Mon excuse est sans doute dans l'erreur où nous fûmes élevés : long-temps Régine fut mon égale.... — L'égale d'un serf? Olivier, vous vous oubliez. — Seigneur, je suis homme, et peux ressentir vivement l'outrage. — Olivier, je puis encore pardonner; mais j'exige, j'ordonne que tu signes cet écrit, et que tu t'exiles à jamais! — Moi, seigneur, moi trahir la confiance de votre sœur!... — Indigne vassal, oses-tu bien t'assimiler à ton seigneur? Écoute.

« Je demande humblement pardon à » madame Régine de ma témérité: je m'en » punis, en m'éloignant à jamais du sé- » jour qu'elle habite; je la remercie de » la bonté et de l'indulgence qu'elle eut » pour moi, en ne me faisant pas punir de » tant d'audace : je mets à ses pieds, et » mon respect, et mon repentir. Le plus » humble et plus soumis des vassaux de

» de Roche-Brune. » — Mets là ton nom, ajoute le comte en lui montrant la place où il devait l'écrire.

— M'avilir ainsi ! moi, seigneur, moi.... Il allait dévoiler son secret, mais il s'arrête : Non, monseigneur, reprit Olivier, non, je ne signerai point ma honte... Moi, qui me crus un instant digne d'elle, je ferais une telle bassesse ! Ah ! je mériterais sa haine et le sort qui sans doute m'attend.... — Olivier, songez-vous que j'ai droit, et de vie, et de mort sur mes vassaux? — Je ne l'ignore pas... Je préfère le trépas le plus douloureux à cette lâcheté. Comte, voici mon cœur, frappez.... Mais renoncer à Régine? jamais ! O dieu ! c'est mon unique joie, c'est mon seul bonheur.... — Ainsi, si je te laissais libre, tu chercherais peut-être à la revoir, à la séduire, à éveiller les passions dans son âme?... — Puis-je répondre de moi-même! puis-je promettre d'accomplir ce qui ne dépend pas de moi?... Hélas! qui sait jusqu'où un violent amour peut entraîner... Sire de Roche-Brune, je ne puis rien promettre.... — Vil séducteur, vassal indigne, tu viens d'ordonner ton trépas.... Siméon furieux appelle.... Deux hommes entrent..... Le comte fait un signal, ils obéissent... Un seul mot est entendu.... C'était.... Adieu, Régine!

Placez le corps dans ce tombeau, dit froidement le seigneur de Roche-Brune; aucune trace de ma sévère justice ne doit être aperçue.... Le sang n'a point coulé.... Jetez près de lui ce cordon funeste.... cet instrument de son supplice.... Je suis vengé.... et ma honte est ensevelie dans ce cercueil.... Sortons. Farouche et sombre, il s'éloigne en jetant un regard de courroux sur sa déplorable victime.

Mais sa vengeance ne serait pas complète s'il ne pouvait jouir des angoisses de l'infortunée Régine; aussi le jour suivant, quand il vit la pâleur qui couvrait ses traits, après une nuit d'inquiétude, son cœur ressentit une farouche joie.... Ah! murmura-t-il, tu ne connais pas encore les maux qui te sont réservés, perfide!

Ma sœur, dit-il avec un sourire ironique, ne choisirez-vous pas bientôt le jour de votre hymen? — De mon hymen, seigneur? n'est-ce pas à vous à le fixer; ne vous ai-je pas laissé le maître de mon sort? Eh bien, demain à minuit..... Cette heure, et les mêmes paroles qu'elle adressait à Olivier en le quittant, la troublèrent: elle regarde attentivement le sire de Roche-Brune; mais sa figure garda son impassibilité ordinaire. Régine crut que le hasard avait dicté ces mots.

La nuit vint; avec elle la crainte : Olivier n'avait point paru la dernière... Vainement son épouse l'avait attendu... Lui, qui jamais ne manquait à ses promesses... Peut-être des retards.... Si quelque embarras dans les préparatifs de leur fuite... S'il avait été trahi.... O pensée douloureuse! si son frère allait se venger sur lui... Enfin, cette nuit allait combler ou faire cesser ses cruelles incertitudes.

Tout le monde reposait depuis longtemps; Régine seule veillait. Parcourant avec anxiété sa vaste chambre, elle comptait avec avidité les sons du lourd beffroy : que le temps était long à son impatience! qu'il lui semblait pesant! Minuit sonna, et la malheureuse épouse courut se remettre à la fenêtre. La tristesse où elle était plongée semblait lui présager de sinistres évènemens.

Oh ! que l'œil de l'amour inquiet est perçant ! ou plutôt que l'instinct de l'âme est subtil pour découvrir l'objet qui nous intéresse ! Régine est toute attention ; elle écoute le moindre bruit ; elle distingue celui des feuilles avec celui du zéphir qui les agite : vingt fois son attente est trompée ; vingt fois elle renaît à l'espérance : mais ses larmes coulent et sur l'espoir déçu, et sur la crainte que ses sombres pressentimens ne se réalisent.

Enfin elle croit apercevoir un homme qui s'avance avec précaution : ce ne peut être que lui, pense-t-elle.... Si quelque obstacle... Si c'était un des émissaires du comte... Attendons... attendons... On approche au pied de la tour.... Madame, dit une voix inconnue, daignez descendre, je suis chargé de la part du seigneur Olivier d'un message pour vous. Descendez, je vous en supplie.

Tremblante, et présageant une infortune nouvelle, elle descendit et elle sortit de la porte fatale : Ici, madame, dit-il, sommes-nous en sûreté ? la lune peut nous trahir.... Si nous avancions sous l'ombrage de ces arbres épais. Régine ne répond pas, et suit le guide sans soupçon et sans résistance. Alors il saisit ses mains, les serre fortement, et l'entraîne malgré tous ses efforts.

Elle craint de laisser échapper un cri : cette violence lui cause une terreur indicible : que devint-elle, lorsqu'ils descendirent les degrés des caveaux funèbres ! Régine connut que sa perte était certaine.... cependant, elle espérait que son malheur partait d'une autre main que de celle du comte de Roche-Brune.

Où me conduisez-vous, dit Régine, quand

elle fut dans le vaste souterrain ? Devant ton juge ; devant ton seigneur et ton frère, répondit une voix tonnante : Mon frère ! s'écrie l'infortunée, mon frère !... O mon Dieu, je suis perdue ! mais sauve celui que j'aime... Soins superflus, et vaines prières ! Elle regarde, son conducteur était disparu... Elle se trouvait seule avec son juge.

Régine, dit-il d'un ton farouche, c'est ici, près des cendres de vos aïeux, que j'ai voulu dissiper mes soupçons... Est-il vrai, qu'oubliant ce que vous leur devez, ce que vous vous devez à vous-même, vous ayez introduit près de vous, dans votre appartement un de mes vassaux ? Un serf... en un mot le plus abject des mortels ; est-il vrai ? — Seigneur, j'ai introduit chez moi, le jeune Olivier avec lequel je fus élevée : Olivier, dont la science peut un jour être utile à son pays : Olivier, dont je me crus long-temps la sœur.... Olivier, que j'aime enfin...

— Osez-vous bien vous vanter d'une telle bassesse! vous, fille et sœur des sires de Roche-Brune? vous, héritière d'une fortune immense! pensez-vous que je souffrirai que ces domaines considérables, deviennent le partage d'un vil serf? — Ah, vous pouvez en disposer... je vous les abandonne...

Le plus obscur asile, et lui.... voilà tout ce que je souhaite. Laissez-moi cacher mon existence loin de vos grandeurs et des chaînes dorées sous lesquelles vous fléchissez.... Donnez-moi mon Olivier, et gardez mes richesses....— Cœur dégradé et plein d'ignominie, penses-tu me séduire? Laisserai-je ainsi souiller l'honneur de ma maison? laisserai-je se mêler à ce noble sang le sang d'un misérable? Une honorable alliance t'attend.... tu la dois accomplir. —Non, seigneur, je n'y souscricrirai point : je vous l'ai déjà dit, laissez-moi cacher ma vie dans la plus profonde obscurité. — C'est impossible ; cette demande est le comble de l'outrage : notre père mourant vous remit à mon pouvoir ; ce sont ses mânes que j'invoque pour vous rappeler à vos devoirs, à la vertu.... — Et moi je les atteste, et je prends à témoin ces cendres que je révère, que jamais ma main ne sera le partage de Bérenger de Surgy. Un obstacle invincible s'y oppose : cet obstacle est sacré ; rien que la mort ne peut le rompre.... Seigneur, je suis l'épouse d'Olivier.

— Misérable, odieux subterfuge ! oses-tu mentir ainsi à ce ciel qui t'entend ? — Ce ciel connaît si j'en impose ; ce ciel a reçu nos sermens. — L'église peut les rompre. — L'église les a sanctifiés. — Moi, comme chef de ma famille, je puis disposer de la destinée d'un de ses membres : la loi de Dieu, celle des hommes m'en donnent le droit : Régine de Roche-Brune, je vous adjure ici, au milieu des dépouilles de vos aïeux, de renoncer à ce qui fait leur honte.... et la vôtre.... Je vous ordonne de jurer à leurs cendres, de souscrire à l'hymen que j'ai résolu.... Votre intérêt, votre vie même peuvent en dépendre....— Seigneur, je vous l'ai dit, c'est impossible.... Et s'il faut vous le dire.... un gage de notre union existe.... l'enfant que je porte en mon sein doit rendre vos efforts inutiles.... Je le demande à ce même honneur que vous invoquez, puis-je sans crime recevoir le titre d'épouse du sire de Surgy ?

Muet de surprise et d'horreur, le comte ne trouve point de voix pour s'exprimer; sa langue glacée s'attache à son palais. Régine porte sur lui un timide regard ; elle est effrayée de la décomposition de ses traits. Seigneur, dit-elle en frémissant, je devais cette nuit même rejoindre mon époux..... Nous devions fuir au bout de l'univers..... Ce nom lui rend toute sa férocité; il prend avec violence le bras de sa sœur, la précipite vers le tombeau entr'ouvert, et la jetant avec force sur l'objet qu'il recèle, il s'écrie : Va le rejoindre, va. Régine a reconnu les traits de son amant; un cri douloureux s'échappe de ses lèvres effrayées : Olivier, dit-elle, Olivier! mon bien-aimé! Elle se jette sur ce corps inanimé, l'enlace de ses tremblantes mains, et tombe à côté de lui.... Heureuse si elle pouvait mourir dans cet affreux instant!

Un sourire infernal parcourut les lèvres de Siméon : les deux objets de sa haine sont gissans dans le même tombeau... Un des deux existe encore.... O pensée digne de Satan ! ô crime ! ô monstre d'iniquité ! il soulève la pierre mortuaire..... La vengeance double ses forces..... le barbare la replace sur le sépulcre..... et Régine, et sa sœur est ensevelie vivante dans la dernière demeure des humains..... à côté d'un cadavre..... Une joie féroce se peint sur son odieuse figure. Il écoute..... Aucun signe d'existence n'est donné..... Satisfait de la réussite de son infernal projet..... il appelle..... Un homme entre, et scelle le tombeau qui renferme les deux tendres victimes ! Dieu tout-puissant, termine sa misère, et que la mort puisse frapper l'infortunée qui t'offensa, avant qu'elle puisse connaître toute l'horreur de sa situation !

Le ciel en eut pitité, sans doute, car aucun soupir, aucun cri, aucune plainte ne s'échappèrent de la tombe funeste. Aussitôt que l'ouvrier eut terminé son horrible tâche, Siméon s'approcha du sépulcre, écouta encore, et dit : Dormez en paix, heureux amans, heureux époux ! nous nous retrouverons dans un autre monde.... Jusque là, dormez en paix ! Il sortit, et son vassal le suivit.

Le bruit se répandit soudainement que Régine s'était dérobée au pouvoir de son frère pour prendre la fuite avec un amant indigne de sa noble famille. On plaignit le comte de Roche-Brune; on s'étonna même qu'il ne prît pas possession de la fortune de sa sœur. On loua sa modération : ses parens, sa femme et ses amis le sollicitèrent de prendre l'investiture de ces domaines : le suzerain céda avec toutes les marques de la plus grande répugnance.

Tout lui prospérait : possesseur de riches fiefs, n'ayant aucune crainte que son crime fût découvert, le vassal ayant payé de sa vie l'odieux travail qui lui fut commandé, le comte aurait dû couler des jours tranquilles et heureux ; mais le ciel ne le permit pas : poursuivi par des songes sinistres, chaque nuit il croyait voir l'ombre d'un père lui reprocher et son crime et ses fureurs.

En vain il accablait les églises de présens et de libéralités; en vain il ordonnait aux moines de prier pour lui; cette ombre courroucée et ses tristes victimes se présentaient à lui sous toutes les formes, et à toutes les heures de la nuit et du jour : plus de repos, plus de paix; le remords, l'affreux remords ne lui laissait pas un moment de relâche pour respirer paisiblement.

Eusèbe attribuait le silence de ses protégés à l'oubli et à l'indifférence : qu'il était éloigné de soupçonner le malheur sous lequel ils avaient succombé ! Peut-être n'eût-il jamais été instruit de leur triste sort, sans un de ces évènemens qui confondent la raison humaine.

Dix ans s'étaient écoulés depuis leur fuite présumée ; déjà ils étaient oubliés, quand un jour on avertit le vénérable Eusèbe qu'un pèlerin fatigué le demandait instamment au tribunal sacré de la pénitence. Ce digne vieillard se rendit avec empressement vers l'infortuné qui réclamait son assistance. Cet inconnu, enseveli dans une profonde rêverie, et caché dans le coin le plus obscur de la chapelle, semblait vouloir dérober ses traits à tous les yeux. Aussitôt que le serviteur du Christ se fut placé au confessionnal, le pénitent se hâta de se ranger auprès de l'homme pieux.

Tout à coup Eusèbe sortit avec vivacité, et jetant un regard d'indignation sur celui qui était prosterné à ses pieds, il dit : Non, misérable comte, non, je ne puis absoudre un tel forfait ! Malheureux ! abuser ainsi du pouvoir que le ciel vous donnait sur deux infortunés ! l'Éternel n'a point de châtiment assez sévère pour punir et pour venger un si grand attentat ! Allez, lâche criminel, allez, et puissiez-vous traîner jusqu'au tombeau vos remords et la malédiction du Tout-Puissant ! O Père des humains, tu dois me pardonner ce souhait affreux ; mais cet homme a-t-il eu pitié de ses déplorables victimes ! il n'en mérite pas. Et le respectable prêtre s'éloigna, laissant le cruel sire de Roche-Brune écrasé sous le poids de l'anathème lancé contre lui.

Cette malédiction du vertueux abbé acheva de l'épouvanter. Pour calmer sa conscience, et pour expier un forfait inoui, le comte se rendit à Rome, vers le grand pénitencier. Il fut entendu par le prélat, à qui l'Église confie un ministère auguste et sévère. Sans doute l'énormité du crime ne trouva point d'excuse ni de pardon, car l'orgueilleux sire de Roche-Brune fut condamné à la pénitence publique. Long-temps la honte combattit au-dedans de lui-même; mais le cri du sang, la voix du Ciel et de son repentir l'emportèrent sur les vanités humaines.

Un matin les cloches de la chapelle de Roche-Brune sonnèrent l'office des trépassés : les vassaux du château se rendirent à ce signal. L'église était tendue de noir, et sur les marches du caveau sépulcral, une lampe indiquait que c'était dans ce lieu que la cérémonie devait se célébrer.

Un autel se trouvait dressé près d'une tombe recouverte d'un riche velours. Agenouillé, vêtu d'un cilice couleur de cendre, et les pieds nus, le fier Siméon, un cierge de cire jaune à la main, paraissait un criminel prêt à marcher au supplice. La messe commença, et le digne Eusèbe adressait les versets sacrés au tombeau qui renfermait des restes inconnus aux assistans.

Après le sacrifice saint, l'abbé s'avança vers le cénotaphe : posant la main sur le drap mortuaire, il dit : Mes frères, dans cette triste enceinte, un crime affreux a été commis ; un frère a osé, à la face du ciel, trancher les jours d'une sœur infortunée.... Ici, dans cette tombe, reposent les victimes de sa cruauté.... Là, sa main forcenée engloutit la jeunesse, la beauté.... Le fruit d'une union sanctifiée par l'église périt dans le sein de sa mère.... Un époux lâchement assassiné.... Priez pour le criminel, ô mes frères, priez pour lui.... Vous le voyez, Dieu a étendu sur lui son bras formidable. Regardez sa pâleur.... regardez la cendre dont il est couvert.... Est-ce là ce brillant sire de Roche-Brune ! Désormais il doit veiller près de leurs cendres infortunées.... Dieu l'ordonne.... Priez pour lui, mes frères, priez pour lui ! Le malheureux comte, la face contre terre, les yeux inondés de pleurs et les mains suppliantes, s'écriait : Priez pour moi, mes frères, priez pour moi ! Les assistans, les regards baissés, pénétrés de tristesse et de compassion, répétèrent avec le serviteur de l'Éternel : prions pour lui, mes frères, prions pour lui ! La pénitence fut longue et austère ; lui-même, pour s'humilier davantage, racontait et son crime, et les remords dont sans cesse il était poursuivi. Il mourut, exténué, souffrant, après s'être imposé toutes les privations. En expirant, il demanda avec instance qu'on l'enterrât aux pieds de ceux à qui il avait arraché la vie. L'église le permit. Il exigea que sur la simple pierre qui couvrirait sa dépouille mortelle, on gravât ces mots : *Ici repose un assassin. Mes frères, priez pour lui !*

FIN DE RÉGINE.

CHILDÉRIC ET NÉLISKA.

SUJET TIRÉ DE LA GAULE POÉTIQUE.

Attila venait d'entrer dans la Gaule: ses innombrables armées portaient partout et la flamme et la mort. Déjà plusieurs villes opulentes étaient tombées sous son joug de fer, et n'offraient plus à l'œil attristé qu'un monceau de cendres et de débris.

Dans ce pressant danger, les chefs belliqueux de cette grande nation s'assemblèrent: tous, d'un accord unanime, jurèrent de périr ou de chasser ce farouche ennemi; tous le jurèrent, et bientôt des bataillons formidables se trouvèrent rassemblés comme par enchantement. Tous les hommes en état de porter les armes se présentèrent. La patrie était menacée, la patrie réclamait leurs bras, tous accoururent; heureux ou de vaincre, ou de périr en défendant une si belle cause!

A la tête de ses Francs, le jeune Childéric, fils chéri de Mérovée, paraissait: sa longue chevelure, sa chlamyde parsemée d'abeilles d'or, la hache des Ricimer et des Marcomir, conquise par son illustre père, annonçaient qu'il partageait avec lui la suprême puissance. N'eût-il aucun de ces attributs, sa beauté, la noblesse de sa taille, la majesté empreinte sur ses traits, indiquaient assez que le sang qui coulait dans ses veines était le véritable sang des dieux (1).

---

(1) On raconte que la mère de Mérovée, se baignant dans un golfe écarté, avait été surprise

Tout cédait à son invincible courage. Les hordes affreuses des Vénèdes, des Galindes, des Massagètes, des Roxolans, avaient senti la force de son bras; toutes fuyaient devant ce jeune chef. La honte d'être vaincues par sa seule vaillance avait irrité ces nations barbares contre le noble fils de Mérovée.

L'ardent et fougueux Attila se disposait à conquérir toute la Gaule. Indigné que ses alliés eussent été battus par une poignée de braves, il commanda que ces peuples farouches marcheraient les premiers au combat. Ils acceptèrent avec des transports de joie cette dangereuse préférence,

---

par un dieu marin, et que ce prince était le fruit de ce commerce merveilleux.

Histoire de France.

et demeurèrent persuadés que soutenus par les troupes du roi des Huns, ils vengeraient leurs affronts, et extermineraient l'ennemi qui les avait fait trembler.

Avant de commencer une si grande entreprise, une entreprise à laquelle le sort de tant de peuples était attaché, ils délibérèrent dans le conseil de leurs chefs, s'il ne serait pas nécessaire de consulter les augures sacrés : de leur sage réponse, on présagerait ou le succès ou la perte de leurs espérances.

La jeune Néliska venait d'être élevée au suprême rang de prophétesse des Vénèdes. Suivant l'antique usage, elle accompagnait à la guerre la nation dont elle possédait l'amour, la vénération et le respect. Les chefs, pleins de confiance en ses paroles, se rendirent à la tente qu'elle occupait avec d'autres prêtresses. Un guerrier s'exprima ainsi :

Toi, dont les pensées et la voix sont inspirées par les dieux ; toi, devant qui les cieux se déroulent ; toi, à qui les secrets de la nature sont connus, Néliska, dévoile l'avenir à nos yeux ! instruis les Vénèdes du sort qui leur est réservé ! ne leur cache rien : tu le sais, ils ne craignent point la mort. Parle, parle, sage Néliska.

Magnanimes guerriers, je ne le puis en cet instant, dit-elle : dans ce jour de crise et de misères, je dois consulter les mânes de vos aïeux. Cette nuit, j'irai dans la caverne des ombres ; cette nuit, j'irai dormir sur la tombe de ma mère : elle qui m'a vouée aux autels, elle qui disposa de ma vie, me dictera les réponses sacrées. Guerriers, cette nuit me verra sur son cercueil (1). Elle dit, et fait signe qu'on s'éloigne.

Se couronnant de verveine, se revêtant d'une robe bleue étoilée de pierres précieuses, prenant dans sa main tremblante une branche de pin embrasée, elle s'avance à pas lents vers la caverne qui renferme les ossemens des générations : elle est jeune, elle tremble, car c'est la première fois qu'elle accomplit les devoirs de son sacerdoce pénible.

Son œil effrayé parcourt d'un regard mal assuré cette voûte sombre : des monceaux de débris humains glacent et son cœur et ses sens ; de douloureux pensers viennent l'assaillir. Elle avance, et s'arrête tout à coup ; son pied craintif frémit de fouler

---

(1) Usage de ces peuples.

cette terre déplorable. Hélas ! murmure la prophétesse, tout ce qui m'environne fut animé : ces têtes hideuses ont souri, elles articulèrent des paroles, tantôt farouches, tantôt harmonieuses et tendres. Si indignées de mon audace, ces ombres courroucées s'élançaient autour de moi... Effrayée, la noble fille plaça sa main sur ses yeux et soupira. Rappelant et son courage et sa fierté, elle s'agenouilla sur une tombe qu'elle révérait, et pria. Bientôt le silence, bientôt l'idée qu'elle remplissait ses devoirs la rassurèrent; elle pria avec ferveur. Enfin un doux sommeil se glissa sur ses paupières appesanties ; Néliska s'endormit du sommeil de l'innocence.

Le jour paraissait : Néliska, agitée par un songe pénible, ouvrit enfin les yeux : d'une voix entrecoupée, elle murmurait quelques mots : O ma fille, disait-elle, *défie-toi du*

Sicambre à la longue chevelure ! ô ma fille, sa présence t'apportera la mort ! La prêtresse promène son regard sur tout ce qui l'entoure ; partout il n'est frappé que par les tristes images du trépas. Elle frémit, et sort en tremblant de ce sombre asile.

Elle se rendit vers le chêne aux augures : là, l'esprit dont elle est animée doit s'exhaler devant ceux qui brûlent de l'entendre. La multitude est assemblée. En voyant paraître la prophétesse, un profond silence règne en cet asile sacré ; toutes les bouches sont muettes ; tous les cœurs des guerriers attendent en frémissant sa réponse : ils tremblent que quelque obstacle imprévu ne paralyse leur féroce valeur. Ils écoutent avec anxiété et respect.

Néliska, le front couvert d'une rougeur éclatante, les yeux élevés vers le ciel, d'une voix harmonieuse et inspirée, s'exprime

ainsi : « Vénèdes, Sarmates, Bructères,
» Roxolans, prêtez une oreille attentive
» aux accens de votre prêtresse, écoutez !
» écoutez ! Vos généreux désirs ne peuvent
» être accomplis dans cet instant. Guer-
» riers, remettez le glaive sanglant dans
» le fourreau. Attila, le héros, Attila,
» l'effroi, la terreur des Gaules, Attila a
» suspendu ses coups !

« Le vainqueur est séduit par de pieux
» cantiques ; il cède à la faiblesse, à la pi-
» tié : des harpes d'or sont dans les mains
» tremblantes des vieillards, et l'épée for-
» midable reste inactive en écoutant ces
» chants religieux. L'encens fume, et sa
» vapeur céleste adoucit ce cœur qui ja-
» mais ne fut adouci. Guerriers, remettez
» le glaive dans le fourreau !

« Que vois-je ? Quelle est cette vierge
» timide ? quels simples vêtemens couvrent

» ses membres délicats ? Quelles sont ses » armes ? un fuseau, quelques douces bre- » bis ! O courage ! ô vertu ! elle seule s'op- » pose aux coups des Huns triomphans ; » elle seule arrête un peuple effrayé ; elle » seule le ramène aux combats !

« Où vont ces Gauloises, ces vieillards, » ces enfans désespérés ! où vont-ils ? O » prodige ! ô cœur rempli de pitié et de » compassion ! voyez ces barques descen- » dant le fleuve aux cent détours (1) ; elles » apportent la vie à ces infortunés, exté- » nués de misère et de faim ! O vierge de » Lutèce, heureuse ta patrie ! heureux le » le sol que tes pas ont touché (2) !

---

(1) La Seine.

(2) Sainte Geneviève écarta de Paris deux horribles fléaux, Attila et la famine.

Gaule poétique.

» Mon regard s'obscuroit, des larmes » baignent mes paupières : O revers ! ô dé» sastres affreux ! Déplorables nations, où » fuyez-vous ? le fer moissonne tout.... » déjà des ruisseaux de sang inondent les » plaines ! Quels cris ! quelle destruction ! » partout la mort ! partout le trépas ! O » dieux de ma patrie, nous abandonnerez» vous à cet affreux carnage !.. C'en est fait, » tout est détruit.... Bructères, Sarmates, » Vénèdes, Roxolans, vous avez disparu » de l'univers ! Déplorables nations, jetez » vers le ciel les cris du désespoir ! le Si» cambre vous poursuit, le Sicambre est » vainqueur ! » Et la jeune inspirée, en terminant sa cruelle prophétie, tomba sans mouvement sur le seuil de l'autel, où l'encens brûlait encore.

Un silence lugubre, épouvantable, suivit les paroles de la prophétesse. Les barbares, effrayés du sort dont ils sont menacés, restent immobiles et glacés d'horreur; aucun n'ose lever sa tremblante paupière; ils semblent craindre de rencontrer le glaive du Franc et du Gaulois; mais bientôt cette crainte frivole s'évanouit : agitant leurs épées, et poussant des hurlemens sinistres, les Vénèdes s'écrient : Mort ou victoire! mort au Sicambre! mort aux Gaulois, aux Francs! extermination sur ces races impies! Ils brandissent leurs flèches meurtrières et leurs pesantes massues, et remplissent l'air de leurs farouches vociférations. Ils se séparent en renouvelant leur odieux serment. Néliska regagne lentement son asile.

Arrivée dans sa retraite sacrée, la jeune prêtresse verse un torrent de pleurs; ses lèvres effrayées répètent: *Mort au Sicambre!* Hélas! disait-elle, si le guerrier inconnu à qui je dois la vie appartenait à cette race proscrite ! si moi-même j'avais appelé le trépas sur sa tête ! ô douleur ! ô mortel regret ! Pour prix de sa valeur, pour prix de son intrépidité, je le dévoue aux traits de ses cruels ennemis ! Dieux ! où m'égaré-je ! Infortunée Néliska, rappelle-toi les dernières paroles d'une mère : *O ma fille, défie-toi du Sicambre à longue chevelure ; ô ma fille, sa présence t'apportera la mort !* Et mon libérateur portait ce signe détesté !

Un souvenir agréable et pénible en même temps oppressait le cœur de Néliska : quelques mois avant de prononcer les vœux qui devaient l'attacher pour jamais au sacerdoce, cette jeune néophyte avait couru un danger imminent, dont l'avait sauvée un soldat étranger.

Suivant les lois de sa religion, escortée de ses pieuses et sages compagnes, elle se rendait tous les matins au lieu destiné à leur culte, à leurs prières. Agenouillée près de l'autel, Néliska chantait les louanges des guerriers de sa nation. Sa voix sonore, éclatante, répétait avec orgueil leurs exploits et leurs travaux. Un jour, un bruit affreux troubla leurs pieux exercices ; il interrompit le silence du bois sacré : les vierges suspendirent leurs hymnes, elles frémissent ; la terreur qu'elles éprouvent arrête tous leurs mouvemens... Un objet menaçant et terrible paraît.... Un *urus* ou taureau sauvage, poursuivi par des chasseurs, traverse l'endroit où sont les prêtresses.... Toutes fuient.... Néliska seule, embrassant l'autel, reste immobile.... Le farouche animal, dans sa furie, d'un coup de ses cornes menaçantes, abat ce fragile refuge. Néliska est renversée sous les débris de l'autel auquel bientôt elle devait appartenir. Les pieds du taureau fougueux lapident les objets sur lesquels il exhale sa rage.... C'en est fait, Néliska va périr... Déjà son sang coule.... déjà elle a reçu de nombreuses blessures.... Une flèche est lancée avec force; elle atteint le monstre dans le flanc... Un cri affreux, épouvantable, fait retentir la forêt; les feuilles en sont agitées. L'*urus* tombe...: et la vierge prophétesse est sauvée!

Un guerrier s'approche; il relève celle qu'il vient d'arracher à la mort... Son sang pur et virginal est mêlé au sang noir du taureau expirant.... Le chasseur qui la soutient en est ému; il étanche ce sang précieux avec le voile de la prêtresse, et ressent des mouvemens jusqu'à ce jour inconnus à son cœur, à son cœur novice encore dans le charme des passions et dans l'art d'aimer.

Elle ouvre les yeux; qu'ils sont doux et

languissans ses regards ! comme ils s'arrêtent avec complaisance sur cet homme qui lui prodigue tant de soins ! Bientôt à sa touchante pâleur succède une rougeur subite : Néliska s'aperçoit que ce guerrier est un chef ennemi : Étranger, dit-elle d'une voix faible, étranger, fuis, fuis, tes jours ne sont pas en sûreté dans ces lieux.... fuis ; les miens vont accourir au bruit de mon danger.

Moi, belle fille, te quitter dans l'état déplorable où tu te trouves ! me crois-tu un cœur de rocher? penses-tu que je sois effrayé du bruit des armes ? penses-tu que je craigne l'épée d'un ennemi ? — Oh non, non, tu es brave, je l'ai vu : non, ce n'est pas à Néliska à douter de ta valeur. Eh ! pourquoi courir un danger inutile ? que te servira-t-il de tomber sous le fer du Sarmate ? tu périrais sans gloire.... Car pourrais-tu te défendre contre tous. Pars, j'ose t'en supplier! éloigne-toi . . . je les entends. . . ils viennent. . . . j'entends leurs cris, leurs farouches hurlemens! Ah, par pitié pour mes larmes, éloigne-toi.

Ces mots, *tu périrais sans gloire*, frappent l'inconnu : Eh bien, dit-il, je te quitte; mais promets-moi de revenir bientôt. . . . ici même... promets à celui qui t'a sauvé la vie de le revoir? — Je le promets. — Quel jour, quelle heure me sera propice? — Tous les matins avant l'aube, au lever du soleil, je viens ici prier nos dieux de nous être favorables. . . . Guerrier, tu m'as entendue. . . . pars, quitte ces lieux... — Je t'obéis. Adieu, belle Néliska. . . . Il monte son agile coursier, et disparaît dans l'épaisseur de la forêt.

Quelques semaines s'écoulèrent : Néliska remplissait ses pieux devoirs avec la plus scrupuleuse exactitude : cependant une secrète inquiétude la tourmentait ; le moindre bruit la faisait tressaillir : si le vent agitait le feuillage, elle tournait vivement la tête, et une rougeur subite colorait son teint. D'où provenait ce trouble, cette agitation ? Ses yeux ne connaissaient point son libérateur, car la visière de son casque ne s'était pas levée ; seulement quelques boucles de cheveux blonds éparses sur ses épaules, l'avaient convaincue que ce guerrier appartenait à l'illustre nation des Francs. Chaque matin elle attendait ; elle espérait l'accomplissement de ses promesses ; et chaque matin cet espoir était déçu.

Le soleil commençait à dorer la cîme des arbres, Néliska s'avançait en tremblant vers l'autel qui devait recevoir son humble prière ; ses yeux étaient baignés de larmes, et ses belles mains étaient croisées sur sa poitrine. Elle marchait lentement ; quelquefois son doux regard se portait vers le ciel, il semblait implorer de la force et de la constance. Elle ne retournait point la tête, et le bruissement des feuilles ne troublait plus son recueillement ni ses tristes pensées.

Un guerrier se trouvait appuyé sur l'autel; il entend le léger bruit de ses pas, il s'approche; Néliska frissonne : C'est moi, dit l'inconnu, c'est moi, je t'attendais ; pardonne, fille chérie, pardonne si j'ai tardé si long-temps à remplir ma promesse... Les travaux guerriers..... des ordres puissans..... les combats, tout m'a retenu loin de toi..... J'ai souffert, Néliska, daigne m'en croire. — Étranger, en quel moment te revois-je ! au moment où mon cœur est en proie à une douleur mortelle ! au moment où je vais perdre une mère adorée !

Que faisais-tu loin de ces lieux..... loin de moi, qui te devais la vie? loin de moi, qui brûlais de t'exprimer ma reconnaissance? — Je te l'ai dit, j'obéissais à des ordres puissans... — Et moi j'espérais ta présence. Oh! qu'il est pesant le poids d'un bienfait lorsque le cœur n'a point exhalé les expressions de sa gratitude! Guerrier, Néliska a bien souffert de cet oubli... Reçois tous ses vœux, reçois tous les sentimens que ton bienfait mérite.... — Néliska, j'ai quitté les tentes des Francs; Néliska, je viens ici solliciter ton amour... Néliska, j'ai peut-être combattu le penchant qui m'entraînait vers toi..... Pardonne... oui, je l'ai combattu... — Cesse un semblable langage, je ne dois point l'entendre. Guerrier, je ne m'appartiens plus.... Ma mère, lorsque je naquis, me destina aux autels... Je ne suis plus libre.... ma vie appartient aux dieux de ma patrie.... — Tes vœux sont-ils prononcés ? dit le guerrier d'une voix tremblante. — Ils doivent l'être... et j'ai promis. — Eh ! ne peut-on t'affranchir de cette tyrannie ? — Non. J'ai promis... je viens de te dire. — Alors, sans doute tu le pensais; alors, peut-être, un cœur brûlant, un cœur rempli d'amour ne t'avait pas été offert..... alors, peut-être, la pitié, la compassion pour les souffrances d'un mortel ne t'étaient pas connues.... — Il est vrai. Je m'ignorais moi-même. Une mère parlait, j'obéissais. — Et ne peux-tu retarder ce sacrifice ? Sais-tu, Néliska, que je puis tout entreprendre pour te posséder; sais-tu que je puis t'enlever, même aux autels de tes dieux ! Néliska, prends pitié de ma souffrance : élevé dans les camps, je connais peu le langage qui doit séduire une femme.... Néliska, je t'aime.... je n'ai jamais aimé. . . . Mais ce cœur fier, indompté, ne craint ni tes armées, ni tes Sarmates, ni tes dieux, ni même le trépas. . . — Guerrier, ne blasphème point. Permets que je te quitte, ma mère est souffrante. . . . Ma mère, j'en frémis, va me quitter pour toujours. . . . Son âme pure va sans doute habiter les célestes demeures. O mon libérateur, tu viens de me rendre coupable; tes discours séduisans m'ont fait oublier mes devoirs. Je n'ai pas invoqué nos dieux pour une mère mourante. . . . Guerrier, déjà tu m'as rendue coupable. — Eh bien! je vais te laisser libre; mais jure que tu vas employer ton ascendant sur le cœur de ta mère pour qu'elle révoque le sacrifice qu'elle t'imposa : dis-lui qu'un hymen illustre t'est proposé. . . . dis-lui que sans moi elle ne te presserait plus sur son cœur. . . . Enfin, Néliska, tu es mon bien; ne t'ai-je pas arrachée à une mort certaine?...Si tu ne ressens aucune répugnance pour moi.... si tu éprouves quelque bienveillance pour celui qui exposa pour toi ses jours, obtiens ta liberté; mon nom ne te sera découvert qu'à l'instant où tu me promettras de devenir mon épouse, ma compagne.... Mon rang n'est pas indigne de Néliska.... Le soleil est dans toute sa splendeur; tiens, regarde mes traits.... Chère fille, qu'ils ne te soient plus inconnus. Néliska y jette un regard furtif : l'émotion la plus vive couvrit sa belle figure. Si la voix du guerrier avait jeté le trouble dans son cœur, ses traits achevèrent son ouvrage. Néliska sent qu'elle aime, et qu'elle aime éperduement. Elle présente une timide main à l'inconnu, et dit en tremblant : Je ferai tout pour convaincre ma mère.... je vais tout employer pour que ma vie te soit consacrée.... Si je ne pouvais réussir.... Néliska n'aurait plus de bonheur sur la terre. Mais puis-je devenir infidèle à mes sermens! puis-je couvrir mon front d'ignominie! Adieu, guerrier, adieu.... Ma mère attend sa fille, et les autels de nos dieux n'ont pas reçu ma prière.... Guerrier, quel sinistre présage! — Des présages! ils sont faux. Que peux-tu craindre! mon épée, mon bras les feront mentir... Va, ma douce Néliska, va près de ta mère, et n'oublie pas ta promesse. Je reviendrai. — Je ne l'oublierai pas. Ce faible cœur plaidera et pour toi et pour lui.... Adieu, adieu.... Elle s'échappe avec la légèreté d'une biche. Le jeune guerrier la suit des yeux, il voit la trace que son vêtement blanc laisse au travers des branches d'arbres; bientôt elle s'évanouit.... Il soupire, et s'éloigne en murmurant le nom de Néliska.

Les yeux baignés de larmes et la pâleur sur le front, la douce fille tombe sur la couche de sa mère défaillante : émue de sa douleur, celle-ci pose sa main tremblante sur le front de Néliska ; elle sent que ses pleurs proviennent d'une cause qui lui est inconnue : Mon enfant, lui dit-elle, peut-être m'accuses-tu d'injustice ? peut-être me trouves-tu blâmable de t'avoir destinée aux autels dès les premiers jours de ton enfance ?.... J'ai voulu t'assurer un asile contre les passions ; j'ai voulu que tu vécusses honorée, respectée, tranquille et chérie. . . . Je me flatte d'avoir réussi. . . . Aucun des guerriers de notre nation n'est capable de toucher un cœur délicat. . . . Leur farouche présence, leurs traits hideux sont-ils susceptibles d'inspirer l'amour ? J'ai voulu t'éloigner du monde et des plaisirs ; ma tâche est remplie.... — O ma tendre mère ! s'écria la jeune néophyte, ô ma mère ! ce guerrier, ce brave à qui je dois la vie, mes yeux l'ont revu... il demande ma main.... il me veut pour épouse... je t'en conjure, accorde-moi à son amour ! — Quel est-il? — Je l'ignore : il est vaillant, c'est tout ce que je sais.... — Son nom ? — L'ai-je demandé ! il me disait que je lui étais chère.... je l'écoutais avec ivresse. — Son pays, ses dieux ? — Je ne connais pas sa religion.... mais ce guerrier, ce brave, est un guerrier Franc ; de plus, il est du sang des rois, sa longue chevelure l'atteste... — Il est du sang des rois ! Hélas ! ma Néliska, *défie-toi du Sicambre à la longue chevelure?*.. la fourberie, la trahison habitent dans son perfide cœur... — Oh, non, ma respectable mère ! oh, non !... j'aurais voulu que vous entendissiez le doux son de sa voix !... oh, non !

ce n'est pas un perfide !.. — Et pourquoi t'a-t-il caché ses traits? le barbare a voulu te tromper.... il a craint qu'un jour ils ne déposassent contre lui....

Je l'ai vu.... qu'il est beau !... Mais, lui me tromper!... ô malheur! lui, lui! que ne me laissait-il mourir! pourquoi m'avoir secourue! — Il a voulu exciter ta reconnaissance. Affectant la magnanimité, dès ce moment il te marquait pour sa victime! — O tardifs regrets! ô jours de mon bonheur! déjà seriez-vous évanouis? Désormais, je n'aurai plus que des larmes pour uniques plaisirs!.. il m'a trompée !.. Mais, ô vous que je respecte! ô vous que je chéris! ma mère, d'où peut venir cette haine mortelle pour le Sicambre? Ah! par pitié, achevez de m'instruire, et que vos discours me guérissent de mon erreur, si cela est possible. — Écoute, et juge si cette haine est légitime. Écoute.

Tu n'es point ma fille, chère Néliska, bien que mon cœur en ait la tendresse : non, tu n'es point ma fille ! — Eh ! qui suis-je, justes dieux ? — La fille, l'enfant de ma sœur infortunée, de ma bien-aimée Lyda ! — O soyez toujours ma mère, femme respectée, ne m'abandonnez pas au jour de mon malheur ! De grâce, nommez-moi toujours votre fille ! — Ah ! toujours, toujours, ma Néliska !

Lyda était l'orgueil de sa famille et de sa patrie ; sa beauté, sa vertu, les plus touchantes qualités, la rendaient l'objet des vœux de tous nos guerriers : déjà plusieurs lui avaient offert et leur rang et leurs richesses ; la modeste Lyda refusait l'honneur qu'ils voulaient lui faire : son âme pure, insensible au doux charme de l'amour, n'était animée que par la tendresse filiale. Aimer ses illustres parens, chérir tendrement et ses sœurs et ses frères, tels étaient les désirs, les souhaits de la charmante Lyda.

Un jour.... jour déplorable pour elle et pour nous, qui la chérissions si tendrement : ce jour était destiné aux jeux, aux travaux de nos jeunes guerriers. Déjà plusieurs avaient triomphé de leurs adversaires, quand un inconnu, sortant avec impétuosité de la foule assemblée, s'écria : et moi aussi je veux combattre ! Le peuple s'étonne, les anciens admirent son audace et sourient à sa véhémence. Soldat, dit Cléphus, mon père, quel es-tu ? quelle est ta patrie ? — Que t'importe, si ce bras sait triompher. — Mais ce bras, répond mon noble père, ce bras est armé de la francisque (1). — Il est vrai ; je l'arrachai

(1) Hache à deux tranchans.

des mains de son possesseur. Sarmates, je brûle de combattre et de remporter le prix ! Cet honneur lui fut accordé. L'inconnu terrassa les vainqueurs. Alors il s'avança vers la colline où les anciens étaient réunis. Ma sœur, placée à quelque distance, Lyda, entourée de ses belles compagnes, devait orner le front du vainqueur de la couronne de branches de chêne entremêlées de feuilles d'or. Le plus vaillant de nos guerriers le conduisit auprès d'elle.

Il ploya le genou devant Lyda : à cette impiété, un murmure confus se fit entendre ; lui, relevant fièrement la tête, s'adresse au peuple : La beauté, dit-il d'une voix forte et sonore, la beauté mérite mon hommage et mon respect ! D'où viennent ces murmures ? J'ai vaincu.... et mon courage, ma valeur, peuvent vous servir encore. Si vous y consentez, je fixe ma destinée au milieu de vous : un jour cette main s'unira à la main de la fille d'un sarmate. Peuple, m'adoptez-vous pour un des vôtres ? Mille cris, mille applaudissemens retentirent de toutes parts ; et le héros fut couronné. Il devint un des chefs chargés de conduire au combat nos valeureuses phalanges.

Une cohorte romaine vint fondre sur nous. Vémoer, tel était le nom qu'il portait alors, Vémoer marcha contre eux, les défit : leur chef tomba sous ses coups ; mais dédaignant nos barbares usages, il refusa de couper la tête au vaincu : nos soldats le firent ; et cette tête sanglante et défigurée fut portée en triomphe à l'autel de nos dieux à l'instant où nos prêtres leur rendaient grâces de cette victoire éclatante. Ce trophée épouvantable fut accueilli avec des transports de joie, avec des cris et des acclamations unanimes. De tous côtés on entendit répéter ces mots : vive notre libérateur ! vive le guerrier Vémoer ! et la foule se pressait autour de lui.

Peuples, dit-il, s'il est vrai que j'aie acquis votre estime, s'il est vrai que je vous aie sauvé de l'esclavage, je demande le prix de ma valeur : je le sais, je pourrais exiger la suprême puissance ; mais vos chefs respectables connaissent mieux que Vémoer vos usages, vos lois, vos mœurs. Cependant, il est un prix que je réclame : ce prix, je l'ai conquis ; ce prix, je l'achèterais de mon sang, de ma vie. . . . ce prix, je ne le céderais à personne ; ce prix, est la main de la belle Lyda, fille de Cléphus. Le peuple transporté répondit : Lyda est à toi, Lyda t'appartient ; tu l'as conquise ! Cléphus ne la refusera point à ta valeur, et surtout à nos vœux ! guerrier Vémoer, elle est à toi !

Lyda rougit. Mon père se leva alors : Vémoer, dit-il, je n'ai rien à opposer à ton noble désir ; puis-je ne pas être orgueilleux du choix d'un héros tel que toi ? Cependant, j'en jure sur l'autel de nos dieux, je ne puis contraindre ma fille à te donner sa foi... Si elle éprouvait quelque répugnance..... excuse, Vémoer, excuse ma franchise, Lyda ne serait point ton épouse. Tel je suis, telle est ma résolution. Lyda doit être libre de disposer d'elle-même. Peuple, si j'ai pu vous être utile par mes travaux, vous devez souscrire à ma demande. Le peuple accéda aux désirs de Cléphus.

Vémoer s'écria : jeune et douce Lyda, prononce sur mon sort. Je ne puis t'offrir aucune richesse ; je ne possède que mon épée, cette francisque et quelque gloire : je mets tout à tes pieds; mais si un cœur brûlant, un cœur rempli du plus ardent amour peut te plaire, accepte : s'il peut remplacer à tes yeux, le rang, la fortune, ne rejette pas Vémoer; prononce, belle Lyda, prononce. La jeune fille se leva, baissant son voile de lin sur sa charmante figure, elle tendit la main au guerrier sans prononcer un mot. Son innocente action, sa pudeur, sa grâce enivrèrent tous les assistans : de nouveaux cris montèrent jusqu'au cieux; ils répétaient encore; vive Vémoer! vivent notre libérateur, et son épouse, la sage Lyda!

Les prêtres s'approchèrent; mon père présenta la fiancée à son époux. L'autel en un instant fut orné de feuillages et de fleurs : un des ministres de nos dieux entonna les hymnes sacrés, et ma sœur, de sa voix touchante, prononça la formule accoutumée : *Soyez mon maître et mon époux, et moi, je serai votre fidèle compagne* (1). Vémoer pressa sur son cœur palpitant sa jeune et belle épouse, et ses lèvres ardentes déposèrent sur ses lèvres timides le premier baiser de l'amour. On se rendit aux tentes du repos, où les fêtes de l'hymen se célébrèrent.

Lyda était heureuse, Vémoer l'adorait ; elle-même ressentait l'amour le plus tendre et le plus sincère : tout son être semblait attaché à l'époux de son choix. Si l'on méditait dans le conseil de nouvelles tentatives contre l'ennemi, on la voyait pâlir, trembler : la crainte de l'éloignement de Vémoer agitait son âme de noirs

(1) Gaule poétique.

pressentimens ; ses yeux étaient souvent mouillés de pleurs, bien qu'elle n'eût aucun déplaisir apparent. Enfin, elle annonça à son heureux époux que bientôt elle allait devenir mère. Transporté de cette nouvelle inattendue, son amour pour la charmante Lyda acquit de nouvelles forces.

Quelques mois encore, et son existence allait être embellie par le doux titre de mère. Lyda attendait ce moment avec la plus vive impatience ; elle espérait que ce nouveau lien lui donnerait toute la confiance de Vémoer : lui-même se flattait de recevoir des mains de la nature un fils, espoir de la famille qui l'avait adopté ; il comptait les jours, les heures.... Hélas ! aveugles humains, savez-vous si l'évènement sur lequel se fonde votre espérance ne sera pas pour vous une source de larmes ? Lyda trouvait les heures éternelles : infortunée ! tu ne sais pas que l'heure de ton malheur approche.

Un soldat inconnu demande Vémoer ; en l'apercevant il se trouble, pâlit. Cependant, il n'attend pas que ce guerrier s'explique devant ma famille, il sort de la tente pour conférer avec lui. Bientôt il rentra seul. Dès le jour suivant, il appela ma sœur et moi, et, sous un prétexte quelconque, nous conduisit vers le bois où nos rites sacrés se célébraient.

Là, se plaçant sur le gazon, il prit Lyda sur ses genoux ; après m'avoir fait asseoir auprès de lui, il s'adressa à ma sœur en ces termes : Bien-aimée Lyda, j'ai un secret terrible à te révéler ! Lyda, je vais m'exposer à ta haine.... Lyda, mon amour, mon bien, ma vie.... Lyda, Lyda, je t'ai trompée !..— Ah, ne dis point ces cruelles paroles, mon Vémoer, ne les dis point; c'est impossible.... — Hélas! il n'est que trop vrai.... Ma sœur, pâle, effrayée, se trouvait sans haleine et sans voix; tous ses sentimens étaient suspendus.... Ses yeux, fixés sur les lèvres de Vémoer, semblaient attendre d'elles son arrêt de mort....

Le barbare vit sa douloureuse anxiété, il hésitait, car il l'aimait.... Reprenant son audace, il ajouta : oui, je t'ai trompée!... je ne suis point un guerrier inconnu.... Regarde, dit-il, en arrachant son casque, regarde : cette longue chevelure t'apprendra qui je suis. — O dieux de mon pays! serais-tu un de nos ennemis? serais-tu un des princes Francs? — Je le suis! Mon nom est Mérovée. Clodion ne vit plus : l'armée, le peuple, la nation entière m'appellent au trône. — O malheur!... — Que dis-tu? — Hélas! cher Vémoer, tu es perdu pour l'infortunée Lyda ! — Non ! j'en jure par cet autel, j'en jure par tes dieux, par les miens, j'en jure par l'enfant que ton sein recèle, j'en jure par cet anneau royal, dont je t'offre la moitié.... Chère Lyda, calme tes craintes ; Mérovée ne peut t'oublier.... Mérovée va te quitter ; mais bientôt il t'appellera près de lui....

— Pars, cher Vémoer, accomplis ton noble destin, pars Vémoer.... — Je suis Mérovée. — Ah ! laisse-moi t'appeler de ce nom ; de ce nom sous lequel je te connus... Que me fait celui de Mérovée ! celui de prince des Francs.... Moins illustre, il me serait plus cher !.... Ah ! pardonne, pardonne à ma faiblesse.... laisse couler mes larmes, ne vas-tu pas me quitter ? — J'ai promis ; je tiendrai ma promesse. Eh, chère Lyda ! que peux-tu craindre ? je t'aime.... Si tu pouvais connaître combien tu es belle à mes yeux ! — D'autres le seront autant que moi ! Mais, qui aura jamais mon cœur? qui t'aimera comme je t'aime?.. Et la douce Lyda se précipitait sur le sein de Mérovée ; elle l'embrassait tendrement. Tout à coup elle s'arrache de ses bras : pars, pars, dit-elle, ta gloire le commande !. . . pars. Ah ! surtout, Vémoer, pense quelquefois à Lyda, à l'infortunée Lyda... Mérovée rompit l'anneau royal : tiens, chère épouse, dit-il, voici le gage de ma foi : avec lui, ton enfant, toi-même, vous pouvez réclamer un rang, une couronne... qu'il assure ta tranquillité, et qu'il soit le garant de mon amour. Adieu, adieu, chère Lyda ! daigne compter sur l'honneur de Mérovée ! aussitôt que je serai débarrassé des travaux pénibles qui vont m'être imposés, je reviendrai t'arracher de ces lieux ; je reviendrai pour te placer sur le premier trône de l'univers. Charmante Lyda, tu les verras mes Francs, tu verras ces peuples belliqueux, tu recevras leurs hommages : ils aiment à en accabler la beauté. Tu les verras, et tu seras fière de leur commander. Adieu, adieu, encore une fois! Il la presse dans ses bras amoureux, et l'embrasse à plusieurs reprises. Baignée de larmes, Lyda n'a plus de force ; elle s'évanouit. Il la dépose dans mes bras : chère sœur, chère Méloé, s'écrie-t-il, prenez soin de sa vie.... Sort cruel!... ce furent ses dernières paroles. Nous ne le revîmes plus.

Tu vis le jour, chère enfant.. Ta mère... ah! qu'elle fut heureuse en cet instant!... comme elle était orgueilleuse de ta beauté! Déjà elle parlait de te conduire à son époux ; déjà elle formait mille et mille projets. Malheureux humains! au moment où tout semble vous sourire, la main cruelle du Destin renverse et vos projets et votre fugitive espérance ! Lyda l'éprouva. Notre peuple se reposait des fatigues de la guerre : aucune nation n'avait osé nous attaquer, quand nous fûmes assaillis par une horde de Gaulois. Nous les repoussâmes.

Aucune nouvelle de Mérovée n'était parvenue à Lyda. Inquiète de ce silence, elle n'osait s'interroger : cachant sa douleur dans le fond de son âme, ce n'était que devant moi qu'elle répandait des larmes ; car toute la nation ignorait le nom et le rang de son époux ; même elle avait caché ce secret à mon père. Qu'aurait-il dit ? Renfermant sa peine cruelle, Lyda attendait l'effet des promesses de Mérovée ; et Mérovée ne paraissait point.

Un chef ennemi fut fait prisonnier. Lyda conçut l'idée de lui faire quelques questions sur le monarque des Francs : elle voulut savoir quel était son sort. Ce guerrier avait été confié à la garde de mon père, en attendant qu'on eût décidé s'il devait retourner dans ses foyers, ou s'il devait subir le trépas. Lyda, lorsque la nuit fut venue, se rendit à la tente qu'il occupait : j'accompagnai ma tremblante sœur.

Ce chef parut surpris de sa beauté. Guerrier, dit-elle en baissant les yeux, je puis briser les liens qui te retiennent, je le puis ; je te promets de le faire, si tu veux répondre avec sincérité aux demandes que je vais t'adresser. Jure sur l'honneur, par les dieux que tu révères, de répondre fidèlement. — Je le jure, belle fille. — Dis-moi, quel est le prince qui règne sur les Francs et les Gaulois réunis ? — Mérovée est son nom ; le vaillant, l'illustre Mérovée. — Possède-t-il l'amour, le respect de ses sujets ? — Il les possède. — Sa main, sa foi, sont-elles engagées? — Depuis son retour parmi nous, il a reçu pour épouse la belle Elphège, fille du duc des Germains. — Grands dieux! l'aime-t-il? — Il l'adore. Elphège répond à son amour: il a daigné la choisir entre toutes les filles des souverains. — Le cruel! Guerrier, reprit Lyda d'une voix tremblante, guerrier, retourne vers ton camp.... porte à ton roi cette tresse de cheveux; dis-lui qu'elle orna la tête d'une femme qui ne peut survivre à sa perte.... dis-lui que celle qui l'a portée, à l'instant où tu la lui remets, ne souffre plus! Et la malheureuse Lyda, détachant sa longue chevelure, en coupa la moitié, et la remit au chef étonné. Guerrier, ajoute-t-elle, viens; ma sœur et moi te guiderons hors de l'enceinte de nos murs. Il suivit en silence, et nous le vîmes s'éloigner. —

Restées seules, je me jetai dans les bras de ma chère Lyda, j'osai lui exprimer mes cruelles appréhensions. Méloé, dit-elle, d'une voix sombre, penses-tu qu'il soit possible de survivre à la honte, au perfide abandon, à tant de misères... Le barbare! que ce cœur lui était profondément attaché! il eût vu sans frémir, sans trembler, tous les malheurs fondre sur lui... Une autre est son épouse!... une autre a reçu sa foi!... une autre en est adorée!... O malheur sans remède! *ô ma fille! défie-toi du Sicambre à la longue chevelure, sa présence apporte la mort!* Nous rentrâmes. Lyda exigea que je la quittasse: j'obéis en pleurant.

Au milieu de la nuit, j'entendis des sanglots sortir de la chambre de Lyda; j'écoute, et distingue ces mots qu'elle t'adressait encore: *O Néliska! défie-toi du Si-*

cambre à la longue chevelure; ô ma fille! sa présence t'apportera la mort! J'entrai : ô douloureux spectacle ! jamais il n'est sorti de ma mémoire ! Lyda, pâle, échevelée, et le trépas répandu sur tous ses traits, Lyda te tenait sur ses genoux. Approche, dit-elle, approche, chère Méloé, chère sœur : tiens, voilà le seul bien qui me reste ; tiens, reçois-le de sa mère mourante.... — Lyda, Lyda ! que dis-tu ? — La mort est dans mon sein.... Ma sœur, je voue cet enfant aux autels de nos dieux.... Méloé, qu'elle soit ta fille, et qu'elle ignore à jamais les malheurs de sa mère.. Méloé, ne me nomme jamais à cette chère et tendre créature. . . . En la destinant à vivre à l'ombre du sanctuaire, j'assure son repos, la tranquillité de son avenir. Que jamais ses regards ne s'arrêtent sur aucun mortel...... et que jamais ses chastes oreilles n'entendent le langage imposteur des passions !... Tiens, Méloé, tiens, voici le seul héritage de ma fille. Elle me remit l'anneau brisé, je l'emportai chez moi, et revins aussitôt. Lyda était expirante, cependant ses lèvres pâles murmuraient encore : *défie-toi du Sicambre à la longue chevelure*.... Elle me tendit les bras, et rendit sur mon sein le dernier soupir. Néliska, telle fut le sort de celle à qui tu dois le jour. Méloé se tut.

FIN DU TOME SECOND.

www.ingramcontent.com/pod-product-compliance
Lightning Source LLC
LaVergne TN
LVHW010549110826
845149LV00003B/612

9782019600976